凱信企管

用對的方法充實自己，
讓人生變得更美好！

凱信企管

用對的方法充實自己，
讓人生變得更美好！

凱信企管

用對的方法充實自己，
讓人生變得更美好！

凱信企管

用對的方法充實自己，
讓人生變得更美好！

跟著阿卡老師遊韓國

··走起

超好玩好用的

旅遊韓語

帶你隨時出發！

使用説明
사용 지침

帶著這本就出發！
跟著阿卡老師來一趟開心又盡興的韓國行吧！

1 第一本專為國人設計的四天三夜韓遊旅行書

不論是一人自助行或是多人結伴
同遊，阿卡老師精心設計四天三夜
行程，好玩的、好逛的、好吃的、
好買的全收錄！跟著行程
設計走，行前不必再傷
腦筋，輕鬆好玩的旅遊
一次大滿足。

行程 DAY 3
01 지하철 타기 搭捷運
02 전통시장 傳統市場
03 시내 면세점 市區免税店
...하기 買衣服
...리 음식 路邊小吃

行程 DAY 2
01 아침 식사 早餐
02 환전소에서 在換錢所
03 궁 나들이 宮廷半日遊
04 한복 체험 穿韓服
05 버스 타기 搭公車
...프 쇼핑 逛街買化妝品

2 韓語現學現賣，去到哪裡溝通都沒問題

open book 就能跟著拼音說韓語。從搭上飛機的那
一刻開始，按照每一天的不同行程和場景標出核心
句，從中再延伸出相關聯的單字和補充句，讓你不
僅能充份表達心情，還能做更多的應用變化哦！

① 어디에서 타요？

唸法 eo-di-e-seo ta-yo

請問在哪裡搭車？

...要是在「어디에서 타요？請問
哪裡搭車？」這句前面多加確切的機場巴士號碼才可以。「___ 번 (○○
무진) 어디에서 타요？請問在哪裡搭 ___ 號 (機場巴士)？」，要講
場巴士號碼，必須要知道韓文數字！韓國有純韓文數字和漢字音數字
在很複雜要使用漢字音數字，我們先來學習公車時用到的數字：

漢字音數字

· 일 一 · 이 二 · 삼 三 · 사 四 · 오 五 · 육 六
· 칠 七 · 팔 八 · 구 九 · 공空 · 백 百 · 천 千

機場巴士基本上是四位數字，如果是「6015 號」巴士，韓文都

在烤肉店用到的單字

· 마늘 蒜頭   · 깨 芝麻
· 고춧가루 辣椒粉   · 상추 生菜
· 참기름 芝麻油   · 깻잎

26 불이 너무 야해요.

唸法 bu-ri neo-mu ya-kae-yo

火太小了。

如果餐廳使用瓦斯爐，那麼會在瓦斯爐看到「약불」、「중불」、
「대불」，意思為小火、中火、大火。

韓國人與烤肉文化

韓國人的聚餐裡少不了烤肉、說烤肉、少不了「삼겹살
五花肉」，除了厚厚的「삼겹살」外，還有薄切的五花肉，韓文

3 除了表達，還能聽得懂及溝通，寓教於樂精進韓語力

這本旅遊書，除了能幫助你應付韓遊時精準的表達需求之外，同時更以輕鬆的方式讓你在玩樂中不知不覺的擴散式學更多，不僅能聽懂更多韓人的語言，更能藉由情境式的對話設計，增加更多有趣的互動。

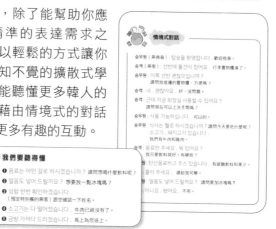

4 收錄自由行必備必知的韓國文化及生活資訊

在四天三夜的韓國行程裡，除了安排必玩必吃行程及關鍵韓語表達外，貼心的在每一個相對應的景點及時刻，自然地穿插韓國特有文化及必知的韓國生活訊息介紹，遊韓不踩雷、不犯忌，旅遊更盡興。

5 阿卡老師親錄語音檔，身歷其境式學習，更深刻好記憶

不再擔心沒有學習環境，全書主要句、我們要聽得懂及補充句子等單元，由阿卡老師親錄語音檔，任何時候都能學習及營造韓語環境，同步訓練道地口語能力及韓語聽力！

即便學習韓語的人士日夜增加，但是造訪韓國的遊客不一定是有學過韓語的。雖然韓國的熱門觀光區有中文服務員，可是一旦離開主要景點，溝通上還是有限。旅遊會話不需要太多的詞彙、複雜的句型，用最簡單的方式表達，即是最道地的說法。全書精心挑選在旅遊時頻繁使用、絕對會派上用場的精選句，以及遊韓國、說韓語時必須注意的地方。另外，書中包含了「我們要聽得懂……」以及「補充單字」的單元，只要知道基本的句型，就可以搭配各種單字自由應用；同時，對韓語不熟悉的讀者也能透過 QR Code 的掃瞄和羅馬拼音的輔助跟著開口說韓語。

《跟著阿卡老師遊韓國》不僅是教旅遊會話，還有介紹當地文化、飲食等事物，讓讀者更貼近韓國。書裡貼切的插畫是凱信出版團隊的美編用心畫出來的，這也是閱讀《跟著阿卡老師遊韓國》的其中一個樂趣。在此祝福每一位旅客旅途愉快！

目錄
목차 ·············

行程 DAY 1 ✈

行程 DAY 2 ✈

行程 DAY 3 ✈

行程 DAY 4 ✈

全書音檔雲端連結

因各家手機系統不同，若無法直接掃描，仍可以至以下電腦雲端連結下載收聽。
（https://tinyurl.com/4phvzfv5

DAY 1 音檔雲端連結

因各家手機系統不同 ，若無法直接掃描，
仍可以至以下電腦雲端連結下載收聽。
（ https://tinyurl.com/2p8n6kub ）

기내에서 在飛機上

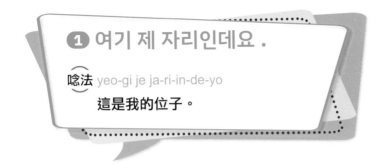

❶ 여기 제 자리인데요 .

唸法 yeo-gi je ja-ri-in-de-yo

這是我的位子。

　　在飛機會遇到有人坐錯位子的情況，這時候可以説「여기 제 자리인데요 . 這是我的位子。」另外，如果想要和對方換座位時，應用「- 아 / 어 주시겠어요 ? 可以為我～嗎 ?」的句型問對方「자리 좀 바꿔주시겠어요 ? 可以和我換位子嗎 ?」。

單字

- 창가 자리 靠窗座位　• 복도 자리 靠走道座位
- 중간 자리 中間座位

❷ 담요 좀 주세요 .

唸法 dam-nyo jom ju-se-yo

請給我毛毯。

　　「주세요」的中文意思為「請給我～」，但是中文和韓文的語法不同，「주세요 請給我」要擺到句子的最後方，所以韓文的順序會變成「毛毯／請給我」。句子裡的「좀」為「拜託、麻煩」的意思，加在句子裡會給人更客氣、更有禮貌的感覺。除了「담요 毛毯」外，還可以使用「음료수 飲料」、「신문 報紙」、「쿠션 枕頭」等單字。

❸ 이거 어떻게 사용해요?

唸法 i-geo eo-tteo-ke sa-yong-hae-yo

這個要怎麼使用?

不知道怎麼操作「리모컨 遙控器」或「스크린 螢幕」等電器,但又不知道該韓文單字的時候,可以使用代名詞「이거 這個」來代替任何一個東西。「이거 어떻게 사용해요? 這個要怎麼使用?」裡的「어떻게 如何」並非字面上的發音,「어떻게」正確的發音為 [어떠케]。

❹ 도와주세요.

唸法 do-wa-ju-se-yo

幫我一下。

需要任何幫忙的時候可以說「도와주세요.」。如果想要更客氣的話,在句子前面多加「좀 拜託、麻煩」即可。此句的疑問句為「도와드릴까요? 是否需要幫忙呢?」另外,也可以搭配第三個句子來說「이거 어떻게 사용해요? 좀 도와주세요. 請問這個要怎麼使用?請幫我一下。」

5 선반에 물건이 꽉 찼는데 어떡하죠 ?

唸法 seon-ba-ne mul-geo-ni kkwak chan-neun-de eo-tteo-ka-jyo

行李置物櫃放滿了，該怎麼辦 ?

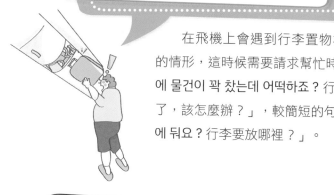

在飛機上會遇到行李置物櫃上放滿東西的情形，這時候需要請求幫忙時，請説「선반에 물건이 꽉 찼는데 어떡하죠 ? 行李置物櫃放滿了，該怎麼辦 ?」，較簡短的句子為「짐 어디에 둬요 ? 行李要放哪裡 ?」。

6 짐이 무거운데 좀 도와주세요 .

唸法 ji-mi mu-geo-un-de jom do-wa-ju-se-yo

行李有點重，請幫幫忙。

在旅遊會話裡，不能不知道「짐 行李」這一單字！大行李小行李、大包小包都叫「짐」，再搭配第四句：「짐이 무거운데 좀 도와주세요 . 行李有點重，請幫幫忙。」

❾ 뭐 있어요?

唸法 mwo i-sseo-yo

有哪些選擇？（字面上：有什麼？）

　　到了吃飛機餐的時間！乘務員會先問「식사는 뭘로 하시겠습니까？請問要吃什麼呢？」。通常會有「닭고기 雞肉」、「소고기 牛肉」、「돼지고기 豬肉」、「해산물 海鮮」等選擇，然後會是「밥 飯」或「면 麵」。當我們想要問有哪些選擇的時候，問「뭐 있어요？有哪些選擇？」就可以了。

單字

- 기내식 飛機餐　　• 주스 果汁　　• 콜라 可樂　　• 물 水
- 사이다 汽水　　• 커피 咖啡　　• 차 茶

我們要聽得懂

❶ 음료는 어떤 걸로 하시겠습니까？ 請問想喝什麼飲料呢？

❷ 얼음도 넣어 드릴까요？ 想要放一點冰塊嗎？

❸ 성함 한번 확인하겠습니다 .
　（預定特別餐的乘客）跟您確認一下姓名。

❹ 소고기는 다 떨어졌습니다 . 牛肉已經沒有了。

❺ 금방 가져다 드리겠습니다 . 馬上為您送上。

❻ 뜨거우니까 조심하십시오 . 很燙，請小心。

? 飛機上有什麼？

在飛機上最期待的一刻應該是吃飛機餐的時候吧！飲料有很多種選擇，想要啤酒的乘客可以應用上面學過的句型來問「맥주 뭐 있어요？啤酒有哪些？」。另外，韓國籍飛機上通常都會有「고추장 辣椒醬」，如果想要配辣椒醬一起拌飯拌麵吃的旅客記得跟乘務員拿「고추장」喔！

10 얼음도 넣어 주세요.

唸法 eo-reum-do neo-eo ju-se-yo

請幫我放冰塊。

「얼음」指「冰塊」，想要在飲料裡加冰塊的旅客請説「얼음도 넣어 주세요. 請幫我放冰塊。」；如果不想加冰塊的旅客，請説「얼음은 됐어요. 我不要冰塊。」此句的疑問句為「얼음도 넣어 드릴까요？要幫您加冰塊嗎？」。

11 음료만 주세요 .

唸法 eum-nyo-man ju-se-yo

只要給我飲料就好。

　　偶爾會看到不吃飛機餐但只要飲料的乘客，這時候我們可以說「음료만 주세요 . 只要給我飲料就好。」，另外，可以把「음료 飲料」替換成其他單字，例如：「커피 咖啡」、「차 茶」、「빵 麵包」等等。

12 특별식 주문했는데요 .

唸法 teuk-byeol-sik ju-mun-haen-neun-de-yo

我有點特別餐。

　　「飛機特別餐」的韓文為「특별 기내식」，可以縮短為「특별식」。一般來說，預定特別餐的乘客會最先拿到餐點，只是在比較忙碌的時候，乘務員會忘記而漏掉加熱完的特別餐，這時候可以說「특별식 주문했는데요 . 我有點特別餐。」

飛機特別餐

채식 素食餐	식사 조절식 病理餐點
동양 채식 東方素食餐	글루텐 제한식 無麩質餐
서양 채식 西方素食餐（含蛋奶）	당뇨식 糖尿病餐
엄격한 서양채식 西方純素食餐	저열량식 低熱量餐
인도 채식 印度素食餐	저염식 低鹽餐
엄격한 인도 채식 耆那教素食餐	저자극식 溫和餐
유당제한식 低乳糖餐	종교식 宗教餐點
유아식 嬰兒餐	힌두교식 印度餐
아동식 兒童餐	유대교식 猶太餐
과일식 水果餐	이슬람교식 回教餐
해산물식 海鮮餐	

⑬ 좀 치워 주시겠어요 ?

唸法 jom chi-wo ju-si-ge-sseo-yo

可以幫我收拾一下嗎？

　　此句也可以在餐廳裡使用，説完這一句後，乘務員收拾桌面時會問「식사는 맛있게 하셨습니까？ 有吃飽嗎？」，我們就回答「네 . 감사합니다 . 有，謝謝。」即可。

14 지금 면세품 살 수 있어요 ?

唸法 ji-geum myeon-se-pum sal su i-sseo-yo

現在可以購買免稅商品嗎？

吃完飛機餐後聽到「지금부터 면세품 판매를 시작하겠습니다 . 現在開始我們要販售免稅商品了。」的廣播，乘務員會慢慢推車經過，如果錯過這個時間，想確認是否能購買免稅商品時說聲「지금 면세품 살 수 있어요 ? 現在可以購買免稅商品嗎？」。

我們要聽得懂

❶ 이 상품은 사전 예약 상품입니다 . 這商品是預購商品。

❷ 이 상품은 지금 없습니다 . 現在沒有這個產品。

❸ 다른 상품은 어떠십니까 ? 其他商品如何呢？

❹ 결제는 어떻게 도와드릴까요 ? 請問要怎麼結帳呢？

❺ 이 카드는 결제가 안 됩니다 . 這個卡片刷不過。

❻ 혹시 다른 카드 없으십니까 ? 請問還有其他卡片嗎？

❼ 여권 좀 보여 주시겠습니까 ? 請出示您的護照。

我們要會說

❶ 이 상품 있어요 ? 有這個商品嗎？

❷ 추천해 주세요 . 請幫我推薦一下。

❸ 달러로 결제할게요 . 我要付美金。

❹ 원화로 결제할게요 . 我要付韓幣。

❺ 현금으로 할게요 . 我要付現金。

❻ 카드로 할게요 . 我要刷卡。

---

15 좌석 좀 차지 마세요 .

唸法 jwa-seok jom cha-ji ma-se-yo

請不要踢我的座位

　　大家有沒有這樣的經驗呢？有人在踢椅背時，我們會先往後看到底是誰在一直踢，結果發現對方是外國人，這時候，是否有在心裡想過「他應該聽不懂中文……就算了吧……」。但是今後如果對方是韓國人，我們可以用韓文對他説「좌석 좀 차지 마세요 . 請不要踢我的座位。」另外，再多學一句相關的句子「좌석 좀 앞으로 해 주시겠어요？椅背可以往前一點嗎？」。

16 입국신고서 한 장 주세요 .

唸法 ip-guk-sin-go-seo han jang ju-se-yo

我要一張入境表格。

　　一般來說，搭上飛機過不久會拿到入境卡，韓國的入境卡很貼心，有中文版！除了入境卡，還要填寫一份「세관신고서 海關申報單」，不論是韓國本地人或外國旅客都要填寫 (若是和家人一起，以家庭為單位填寫即可)，領完行李後入境時，把這張海關申報單交出去就可以了。

17 두통약 있어요 ?

唸法 du-tong-nyak i-sseo-yo

請問有頭痛藥嗎 ?

　　如果在飛機上身體出狀況，但身上沒有攜帶常備藥品的時候可以使用此句。不只是「두통약 頭痛藥」，還可以把補充的單字記起來，需要時使用喔！

 單字

- 멀미약　暈車藥
- 위장약　腸胃藥
- 지사제　止瀉藥
- 반창고　OK 繃
- 해열제　退燒藥
- 소화제　消化劑
- 진통제　止痛藥

18 지금 화장실 사용할 수 있어요？

唸法 ji-geum hwa-jang-sil sa-yong-hal su i-sseo-yo

現在可以去洗手間嗎？

不知道能不能上洗手間的時候，可以問「지금 화장실 사용할 수 있어요？現在可以去洗手間嗎？」，或者問乘務員「다른 화장실 사용할 수 있어요？是否可以使用其他間廁所？」。

在飛機上，乘務員會説……

❶ 안녕하십니까？ 您好。

❷ 어서 오십시오. 歡迎乘坐。

❸ 티켓 확인하겠습니다. 確認一下登機證。

❹ 자리에 앉아 주십시오. 請坐好。

❺ 안전벨트 착용해 주시기 바랍니다. 請繫安全帶。

❻ 필요한 거 있으시면 저희 승무원에게 말씀해 주십시오. 如果有任何需要，請跟我們乘務員説。

❼ 어디 불편한 데 있으십니까？ 有不舒服的地方嗎？

❽ 짐칸에 올려 주시겠습니까？ 請放在行李置物櫃上。

情境式對話

승무원 (乘務員) : 탑승을 환영합니다 . 歡迎搭乘。

승객 (乘客) : 선반에 물건이 찼어요 . 行李置物櫃滿了。

승무원 : 이쪽 선반 괜찮으십니까 ?
　　　　請問放這邊的置物櫃，方便嗎？

승객 : 네 . 괜찮아요 . 好，沒問題。

승객 : 근데 지금 화장실 사용할 수 있어요 ?
　　　請問現在可以上洗手間嗎？

승무원 : 사용 가능하십니다 . 可以的。

승무원 : 식사는 뭘로 하시겠습니까 ? 請問今天要吃什麼呢？
　　　　소고기 , 돼지고기 있습니다 .
　　　　我們有牛肉和豬肉。

승객 : 음료만 주세요 . 뭐 있어요 ?
　　　我只要飲料就好。有哪些？

승무원 : 탄산음료하고 주스 있습니다 . 有碳酸飲料和果汁。

승객 : 콜라 주세요 . 請給我可樂。

승무원 : 얼음도 넣어 드릴까요 ? 請問要加冰塊嗎？

승객 : 아니요 . 됐어요 . 不用。

입국 심사 및 수하물 찾기 入境檢查、領行李

❶ 여기 제 여권이요 .

唸法 yeo-gi je yeo-gwo-ni-yo

我的護照在這邊。

出示護照時可以說「여기 제 여권이요 . 我的護照在這邊。」另外，我們也要聽得懂海關說的話：「여권 좀 보여 주세요 . 請出示護照。」，在這裡有個重要的句子「보여 주세요 . 請給我看。」，前面接名詞即可，例如：「탑승권 좀 보여 주세요 . 請出示您的登機牌。」

 我們要聽得懂

❶ 어느 나라에서 오셨나요 ？ 請問是從哪個國家來的？

❷ 어느 항공편으로 오셨나요 ？ 請問是搭哪個班機？

❸ 방문 목적이 무엇인가요 ？ 訪問目的是什麼？

❹ 얼마나 계실 건가요 ？ 要待多久？

❺ 전자 티켓 있나요 ？ 有電子機票嗎？

❻ 돌아가는 티켓 있나요 ？ 有回國的機票嗎？

❼ 왕복 티켓 좀 보여 주세요 . 請出示來回機票。

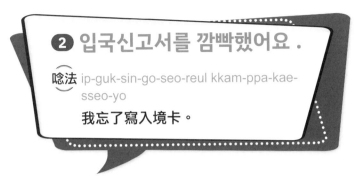

❷ 입국신고서를 깜빡했어요 .

(唸法) ip-guk-sin-go-seo-reul kkam-ppa-kae-sseo-yo

我忘了寫入境卡。

　　入境卡是入境檢查時要繳交的，海關申報單是領完行李後要入境時繳交，所以兩張出示的時間點不一樣喔！不管是當地人或外籍旅客，在入境檢查時很常看到忘記填寫入境卡的人，這時候要說「입국신고서를 깜빡했어요 . 我忘了寫入境卡。」，那麼公務人員會請我們到旁邊填寫好再過來。

❸ 대만에서 왔어요 .

(唸法) dae-ma-ne-seo wa-sseo-yo

我來自於臺灣。

　　此句是針對「어느 나라에서 오셨나요？請問是從哪個國家來的？」的回覆。「＿＿＿에서 왔어요 .」指「來自於 ＿＿＿」，把國家帶進來使用即可。臺灣有兩種說法：「대만」和「타이완」；「대만」是漢字翻來的單字，「타이완」是英文的「Taiwan」翻過來的單字。

④ 3박 4일 있을 거예요.

唸法 sam-bak sa-il i-sseul geo-ye-yo

我要待四天三夜。

「____天____夜」的韓文表達為:「____박(泊)____일(日)」,要搭配漢字音數字。另外,要注意的地方是「夜」要放在前面,「天數」要放在後面。

 漢字音數字

- 일 一 　• 이 二 　• 삼 三 　• 사 四 　• 오 五
- 육 六 　• 칠 七 　• 팔 八 　• 구 九 　• 십 十

⑤ 대한항공 KE694 편으로 왔어요.

唸法 dae-han-hang-gong ke-i-i-yuk-gu-sa-pyeo neu-ro wa-sseo-yo

我搭的是大韓航空 KE694 航班。

此句是針對「어느 항공편으로 오셨나요? 請問是搭哪個班機?」做出的答句,只要把航班帶進以下句型即可:「____편으로 왔어요. 我搭 ____ 航班來的。」

> **6 관광취업 비자 있어요 .**
>
> 唸法 gwan-gwang-chwi-eop bi-ja i-sseo-yo
>
> **我有打工渡假簽證。**

在句子裡使用的「관광취업 비자」外，有些人用「워킹홀리데이 비자」，都是指打工渡假簽證的意思，不管需不需要申辦簽證都得記「비자 簽證」這一個單字。我們來看韓國的常見簽證種類：「구직 비자 工作簽證」、「관광 비자 觀光簽證」、「일반 연수 비자 研修簽證」，這裡説的研修簽證是發給要在韓國讀語學堂（韓國的語文中心）的簽證。另外，「무비자 免簽證」也順便記一下喔！

> **7 외국인등록증은 없는데요 .**
>
> 唸法 oe-gu-gin-deung-nok-jeung-eun eom-neun-de-yo
>
> **我沒有居留證。**

「외국인등록증 外國人登錄證」就是「居留證」，「身份證」的韓文為「신분증」。如果想要表達「我沒有 ____ 。」，請使用「 ____ 없는데요 .」即可，例如：「신분증 없는데요 . 我沒有身份證。」

❽ 호스텔에 묵을 거예요 .

唸法 ho-seu-te-re mu-geul geo-ye-yo

我要住青年旅館。

如果海關問「어디에 묵으실 건가요 ? 要住哪裡 ?」，我們可以這樣回答：「 _____ 에 묵을 거예요 . 我要住 _____ 。」把호텔 (飯店)、게스트 하우스 (背包客棧)、친구 집 (朋友家)……帶進來：「호텔에 묵을 거예요 .」「게스트 하우스에 묵을 거예요 .」「친구 집에 묵을 거예요 .」。

❾ 출장 왔어요 .

唸法 chul-jang wa-sseo-yo

我來出差。

除了來「출장 出差」，可能有各種不同的目的，例如 :「관광 觀光」、「연수 研修」等，直接把這目的帶進來後讓句子變成：「관광 왔어요 . 我來觀光。」「연수 왔어요 . 我來研修。」，這裡說的研修可以指短期的語文中心。

⑩ 자동 출입국 심사 등록했어요 .

唸法 ja-dong chu-rip-guk sim-sa deung-no-
kae-sseo-yo

我有申辦自動通關。

　　現在出入境韓國很方便！只要事先申辦自動通關，不必填寫入境卡，也不用排隊。到了入境檢查的地方，會看到用紅色寫的「일반 심사 一般檢查」和用藍色寫的「자동 심사 自動檢查」的標誌，已經申辦自動通關的旅客走藍色即可。

要在哪裡申辦自動通關？

　　＊ 申辦資格：
年滿 17 歲以上，持有中華民國電子晶片護照 (且有效日期為 6 個月以上)，在韓國無不良紀錄，造訪目的為旅遊或出差的人士。
　　＊ 申辦據點：
仁川國際機場第一航廈 3 樓（辦理登機手續櫃 G 區）、仁川國際機場第二航廈 2 樓（入境事務服務中心）、金浦國際機場 2 樓（入境事務服務中心）等。
　　＊ 申辦流程：
把護照交給承辦人員後，拍照、按壓指紋、輸入電話，就完成註冊了！

11 지문 인식이 안 돼요 .

唸法 ji-mun in-si-gi an dwae-yo

沒辦法指紋辨識。

自動通關時，無法辨識指紋的時候可以使用此句。另外，無法辨識護照的時候也可以把「지문 指紋」改成「여권 護照」後，應用成「여권 인식이 안 돼요 . 無法辨識護照。」的句子。

 補充句子

❶ 안경 벗어 주세요 . 請把眼鏡拿下來。

❷ 마스크 벗어 주세요 . 請脫口罩。

❸ 휴대폰 사용하지 마세요 . 請不要用手機。

❹ 카메라 보세요 . 請看鏡頭。

12 수하물 찾는 곳이 어디예요 ?

唸法 su-ha-mul chan-neun go-si eo-di-ye-yo

在哪裡領行李？

在電光板上看到「수하물 찾으시는 곳 行李領取處」、「＿＿＿ 번 號」。

__ 번號的説法

- 일번 (一號) • 이번 (二號) • 삼번 (三號)
- 사번 (四號) • 오번 (五號) • 육번 (六號)
- 칠번 (七號) • 팔번 (八號) • 구번 (九號)
- 십번 (十號)

13 제 수하물이 없어졌어요 .

唸法 je su-ha-mu-ri eop-seo-jyeo-sseo-yo

我的行李不見了

行李箱長得都很像，除了行李不見，還有可能會發生拿錯別人的行李箱，這時候説「수하물이 바뀌었어요 . 拿錯行李了。」，所以一定要確認手上的行李是否是自己的行李。另外，「수하물 표 行李標籤」要保管好！

補充句子

❶ 제 짐이 안 나왔어요 . 我的行李還沒出來。

❷ 분실물 센터가 어디예요 ? 遺失物招領處在哪裡？

❸ 제 수하물이 파손됐어요 . 我的行李被損壞了。

❹ 손해배상청구는 어떻게 하죠 ? 我要怎麼申請賠償？

❺ 언제쯤 수하물을 찾을 수 있어요 ?
大約什麼時候能找到行李呢？

描述行李外觀

當我們被問「수하물이 어떻게 생겼죠?行李長什麼樣子?」,最好的情況是有行李箱的照片,若沒有照片,必須要描述大概的外觀。以下為簡單的描述方法:

1. 顏色:흰색(白色)、검은색(黑色)、남색(靛色)、갈색(咖啡色)、밝은 색(亮色)、어두운 색(暗色)等等。

2. 大小:_____ 인치(_____吋)。

3. 種類:하드캐리어(硬殼行李箱)、소프트캐리어(軟殼行李箱)。

14 한국 연락처는 없는데요 .

唸法 han-guk yeol-lak-cheo-neun eom-neun-de-yo

我沒有韓國的號碼。

「연락처」指「聯絡方式」，通常說的是電話號碼。需要留聯絡方式 (電話號碼) 的情況下，若沒有購買韓國的 SIM 卡，只能留臺灣的電話號碼時可以說「대만 번호도 괜찮아요？臺灣的電話號碼也可以嗎？」。

15 로밍 신청 안 했는데요 .

唸法 ro-ming sin-cheong an haen-neun-de-yo

我沒有申請漫遊。

漫遊的韓文為「로밍」，可以把「로밍 신청 안 했는데요 . 我沒有申請漫遊。」中的「신청 申請」拿掉：「로밍 안 했는데요 .」。

？ 韓國觀光公社

1330 是韓國觀光公社的電話號碼。主要服務項目為：提供全韓國觀光相關資訊，餐廳、購物中心的口譯服務，協助通報觀光警察等等。若在韓國需要協助時，請撥打 1330。

　　這裡的「카트 推車」不一定是機場裡的推車，賣場裡的推車也叫「카트」，不管是詢問哪裡的推車，都使用「어디에 있어요？在哪裡？」的句型喔！

공항리무진 타기
搭機場巴士

　　韓國的機場巴士不僅舒適方便，又乾淨又親切。可至機場售票處購票，或者上車刷交通卡 (T-money) 或付現金都可以，車資費約 15,000 韓幣。

❶ 어디에서 타요？

唸法 eo-di-e-seo ta-yo

請問在哪裡搭車？

　　每個機場巴士搭車的月台不同，所以要在「어디에서 타요？請問在哪裡搭車？」這句前面多加確切的機場巴士號碼才可以。「＿＿＿ 번 (리무진) 어디에서 타요？請問在哪裡搭 ＿＿＿ 號 (機場巴士) ？」，要講機場巴士號碼，必須要知道韓文數字！韓國有純韓文數字和漢字音數字，在這裡要使用漢字音數字，我們先來學搭公車時用到的數字：

 漢字音數字

- 일 一 ・이 二 ・삼 三 ・사 四 ・오 五 ・육 六
- 칠 七 ・팔 八 ・구 九 ・공 零 ・백 百 ・천 千

　　機場巴士基本上是四位數字，如果是「6015 號」巴士，韓文要說成「육천십오 번 六千十五號」；如果是「6003 號」巴士，韓文要說成「육천삼 번 六千三號」，中間的「零」不必說出來。

 補充句子

❶ 몇 번 승강장에서 타요？ 在幾號月台搭車呢？

❷ 승강장이 어디예요？ 月台在哪裡呢？

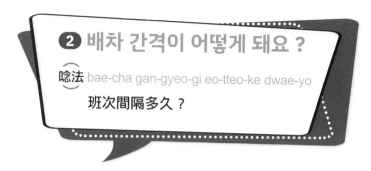

❷ 배차 간격이 어떻게 돼요 ?

唸法 bae-cha gan-gyeo-gi eo-tteo-ke dwae-yo

班次間隔多久 ?

　　像觀光客較常去的熱門路線的班次大約在 10-15 分鐘，其他路線大約 30 分鐘一個班次。

❸ 어디까지 가세요 ?

唸法 eo-di-kka-ji ga-se-yo

請問到哪裡 ?

　　上車放行李前，司機會問每一位乘客目的地。有些路段遇到封路等情況發生時，司機會說「　場所　까지만 갑니다 . 巴士只到 ＿＿＿＿＿。」不過別擔心，司機會在上車前告訴我們會有封路的狀況。

4 짐 가지고 탈게요 .

唸法 jim ga-ji-go tal-ge-yo

我要把行李帶上車。

韓國的機場巴士的司機大哥會幫我們放行李，如果想要把行李帶上車，直接說「가지고 탈게요 . 我要把行李帶上車。」

5 잔돈 없는데요 .

唸法 jan-don eom-neun-de-yo

我沒有零錢。

搭機場巴士的費用通常是 15,000 元 (韓幣) 左右。身上沒有剛好的零錢得付 50,000 元的大鈔時，司機若找不開會問乘客「잔돈 없어요 ? 沒有零錢嗎 ？」，如果沒有的話請回答「잔돈 없는데요 . 我沒有零錢耶 。」

搭機場巴士注意事項

　　如果要在巴士上付現金，請不要付五萬鈔韓幣，司機沒辦法找開。如果搭機場巴士時要刷交通卡，只要在上車時刷一次即可 (除了機場巴士外，一般市區巴士上下車都要刷)。另外，還要注意發車時間，營運時間在早上 5 點～晚上 11 點左右。基本上機場巴士的每個站都有中文到站廣播，下車請記得要按下車鈴喔！

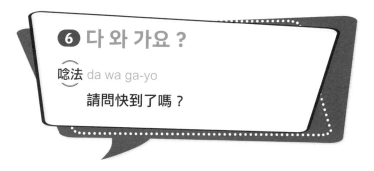

6 다 와 가요 ?

唸法 da wa ga-yo

請問快到了嗎 ?

　　以我的經驗，有些機場巴士的廣播很小聲，幾乎聽不到。這時候可以問問看司機「다 와 가요？快到了嗎？」是否快抵達目的地，前面多加個要下車的站名，例如：「인사동 다 와 가요？仁寺洞快到了嗎？」。

7 에어컨 좀 줄여 주세요 .

唸法 e-eo-keon jom ju-ryeo ju-se-yo

冷氣可以關小一點嗎？

「에어컨」指冷氣，在冬天時可以應用為「히터 좀 줄여 주세요 . 暖氣關小一點。」

8 여기 서울역 맞아요 ?

唸法 yeo-gi seo-ul-lyeok ma-ja-yo

這裡是首爾車站嗎？

使用的句型為「여기 _____ 맞아요 ? 這裡是 _____ 嗎 ? 」，可以把任何一個站名、地名帶進來應用。

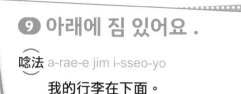

❾ 아래에 짐 있어요 .

唸法 a-rae-e jim i-sseo-yo

我的行李在下面。

下車時，司機會問乘客「짐 있어요？有行李嗎？」，意思是有沒有把行李放在下面。所以我們要告訴司機是否有把行李放置於車下的車箱，如果有就回答「네 .」，如果沒有，就回答「아니요 .」。

❿ 수하물표를 못 찾겠어요 .

唸法 su-ha-mul-pyo-reul mot chat-ge-sseo-yo

我找不到行李票根。

放置行李時，司機一定有給「수하물표 行李票根」。只是上車或下車太匆忙，忘記票根放在何處，這時候可以說「수하물표를 못 찾겠어요 . 我找不到行李票根。」，或者「수하물표가 없어졌어요 . 我的行李票根不見了。」

11 짐을 차에 깜빡했어요 .

唸法 ji-meul cha-e kkam-ppa-kae-sseo-yo

我忘了把東西放在車上。

「깜빡했어요 .」是「忘記了。」的意思。 此句是下車後，想起東西放在車上，忘記帶下車的時候可以使用的句子。

12 정류장을 착각했어요 .

唸法 jeong-nyu-jang-eul chak-kka-kae-sseo-yo

我搞錯站了。

要下車時發現搞錯站、按錯下車鈴的時候要說「정류장을 착각했어요 . 我搞錯站了。」或「벨 잘못 눌렀어요 . 按錯下車鈴了。」

 補充句子

❶ 아래에 짐 있어요 ？ 車子下面有放行李嗎 ？

❷ 어떤 거예요 ？ 哪一個是您的（行李）？

❸ 수하물표 주세요 . 請給我行李票根。

체크인 Check in

　　韓國有「飯店」、「背包客棧」、「青年旅舍」、「民宿」，或者在渡假村會看到的「公寓式酒店」……各種住宿型態。

① 지금 체크인 돼요？

唸法 ji-geum che-keu-in dwae-yo

現在可以登記入住嗎？

比預計的時間還要早到飯店時可以詢問「지금 체크인 돼요？是否可以先登記入住？」、「일찍 체크인할 수 있어요？可以早一點登記入住嗎？」。如果不行，我們得詢問「몇 시에 체크인 가능해요？幾點可以入住？」。

 時間的表達

- 한 시（一點）
- 두 시（兩點）
- 세 시（三點）
- 네 시（四點）
- 다섯 시（五點）
- 여섯 시（六點）
- 일곱 시（七點）
- 여덟 시（八點）
- 아홉 시（九點）
- 열 시（十點）
- 열한 시（十一點）
- 열두 시（十二點）

- 아침 早上
- 점심 中午
- 저녁 晚上
- 오전 上午
- 오후 下午

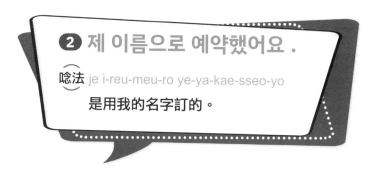

❷ 제 이름으로 예약했어요 .

唸法 je i-reu-meu-ro ye-ya-kae-sseo-yo

是用我的名字訂的。

員工可能會說「누구 이름으로 예약하셨어요 ? 請問訂房大名 ?」、
「여권 좀 보여 주세요 . 請出示護照。」

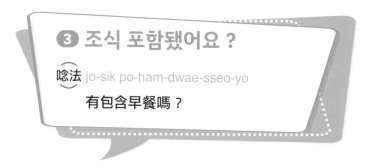

❸ 조식 포함됐어요 ?

唸法 jo-sik po-ham-dwae-sseo-yo

有包含早餐嗎 ?

不確定費用裡是否有包含早餐時，可以問「조식 포함됐어요 ? 有包
含早餐嗎 ?」，如果想詳細的了解費用裡包含哪些時，應用「포함됐
어요 . 有被包含。」的句子問「비용에 뭐가 포함됐어요 ? 費用裡包含哪
些 ?」。

 補充句子

❶ 조식 이용 시간이 어떻게 돼요 ? 早餐時間是幾點到幾點 ?

❷ 조식은 어디에서 먹어요 ? 在哪裡吃早餐 ?

❸ 식권을 잃어버렸어요 . 餐券不見了。

❹ 식권 구매하고 싶은데요 . 我想買餐券。

④ 몇 층에 있어요？

唸法 myeot cheung-e i-sseo-yo

請問是在幾樓？

「몇 층에 있어요？請問是在幾樓？」不一定是問客房，可以把各種不同的場所帶進來應用。例如：식당 (餐廳)、수영장 (游泳池) 等等。

 樓層的説法

- 일 층 一樓
- 이 층 二樓
- 삼 층 三樓
- 사 층 四樓
- 오 층 五樓
- 육 층 六樓
- 칠 층 七樓
- 팔 층 八樓
- 구 층 九樓
- 십 층 十樓

⑤ 낮은 층은 없어요？

唸法 na-jeun cheung-eun eop-sseo-yo

有比較低的樓層嗎？

「낮은 층」指低樓層，與此句相反的句子為「높은 층은 없어요？有高樓層的嗎？」。想要換到低樓層、高樓層或指定房間的人，請使用「____ (으) 로 바꿔 주세요 . 請幫我換成 ____。」的句型：「낮은 층으로 바꿔 주세요 . 請幫我換低樓層的房間。」「높은 층으로 바꿔 주세요 . 請幫我換高樓層的房間。」「창문 있는 방으로 바꿔 주세요 . 請幫我換有窗戶的房間。」

6 같은 층의 방으로 주세요 .

唸法 ga-teun cheung-ui bang-eu-ro ju-se-yo

我們想要同一個樓層的房間。

被安排在不同樓層的客房，或是想要在同一樓層的時候可以使用。

7 퀸 사이즈 침대로 주세요 .

唸法 kwin sa-i-jeu chim-dae-ro ju-se-yo

我要一張大床。

這裡指的「퀸 사이즈 大床 (queen size)」為「雙人床加大」。

韓國的床尺寸參考 (單位：mm)

- 싱글 사이즈 單人床尺寸 1000 X 2000
- 더블 사이즈 雙人床尺寸 350 X 2000
- 퀸 사이즈 雙人床加大 1500 X 2000
- 킹 사이즈 雙人床加寬加長 1600 X 2000

8 히터 고장났어요 .

唸法 hi-teo go-jang-na-sseo-yo

暖氣壞掉了。

　　韓國的一般家庭都有地熱，因水管在地板上加熱會很溫暖，不過民宿等地方通常裝的是暖氣，並非地熱，在冬天遇到暖氣故障真的是會睡不著的。我們來應用在前面學過的韓文句子「고장났어요 . 故障了。」說出「히터 고장났어요 . 暖氣壞了。」有一些民宿是要另外跟櫃台拿電暖器的，要不然房間也沒有裝暖氣，這時候可以詢問「히터 있어요？有暖氣嗎？」。

 單字

- 드라이기 吹風機
- 수건 毛巾
- 가운 浴衣
- 이불 棉被
- 베개 枕頭
- 에어컨 冷氣
- 텔레비전 電視
- 리모컨 遙控器
- 변기 馬桶
- 세면대 洗手台
- 전기 포트 電熱水壺
- 스탠드 桌燈
- 옷장 衣櫃
- 슬리퍼 拖鞋

❾ 드라이기를 못 찾겠어요.

唸法 deu-ra-i-gi-reul mot chat-ge-sseo-yo

我找不到吹風機。

找不到東西的時候打到櫃台後可以說「드라이기를 못 찾겠어요. 找不到吹風機。」或「드라이기 어디에 있어요? 吹風機在哪裡?」。

❿ 제 방으로 가져다 주세요.

唸法 je bang-eu-ro ga-jyeo-da ju-se-yo

請幫我送到房間。

房號使用漢字音數字,例如:「오백십일 호 五百十一號」、「육백이 호 六百(零)二號」、「칠백이십 호 七百二十號」等等,中間的零不需要說出來。

 漢字音數字

- 일 一　• 이 二　• 삼 三　• 사 四　• 오 五　• 육 六
- 칠 七　• 팔 八　• 구 九　• 공 零　• 백 百　• 천 千

抱怨與需求

❶ 변기가 막혔어요 . 馬桶塞住了。

❷ 뜨거운 물이 안 나와요 . 沒有熱水。

❸ 옆방이 너무 시끄러워요 . 隔壁間太吵了。

❹ 수건이 모자라요 . 毛巾不夠。

❺ 수건 좀 바꿔 주세요 . 幫我換毛巾。

❻ 세면대 물이 안 내려가요 . 洗手台的水下不去。

❼ 화장실에서 물이 새요 . 廁所漏水。

❽ 샤워기에서 물이 새요 . 蓮蓬頭漏水。

❾ 화장실에서 이상한 냄새가 나요 . 廁所有異味。

❿ 불이 안 들어와요 . 燈不亮。

⓫ 방 좀 바꿔 주세요 .

🔊唸法 bang jom ba-kkwo ju-se-yo

請幫我換房間。

飯店櫃台詢問為何要換房間時「무슨 문제 있
어요? 有什麼問題嗎?」,可能的回答是:「담
배 냄새가 나요 . 有煙味。」、「이상한 냄새가
나요 . 有異味。」、「옆방이 너무 시끄러워요 .
隔壁間太吵了。」等等。

12 짐 좀 맡겨도 돼요 ?

唸法 jim jom mat-gyeo-do dwae-yo

東西可以寄放在這裡嗎？

　　退房後想要逛逛，但是不想扛著大包小包，那麼需要這句！「짐 좀 맡겨도 돼요？東西可以寄放在這裡嗎？」，後面可以多補充大概來領取行李的時間，例如：「7 시까지 올게요 . 7 點前會來的。」，關於時間的説法，請參考先前的內容。

13 방 키를 두고 나왔어요 .

唸法 bang ki-reul du-go na-wa-sseo-yo

我忘記帶房卡出門。

　　住飯店裡可能會發生忘記帶房卡被困在外面、房卡無法感應等狀況發生，這些時候都要怎麼表達呢？我們來學學看關於「카드 키 房卡 (感應卡)」「방 키 房卡」的各種句子：「방 키를 두고 나왔어요 . 我忘記帶房卡出門。」、「카드 키 작동이 안 돼요 . 房卡無法感應。」、「카드 키 하나 더 받을 수 있을까요？可以再要一張房卡嗎？」、「카드 키를 잃어버렸어요 . 把房卡弄丟了。」

14 추가 요금을 내야 돼요 ?

唸法 chu-ga yo-geu-meul nae-ya dwae-yo

我要付額外的費用嗎？

　　飯店裡的有些東西是需要付費的，不確定是否需要付額外費用，先詢問服務人員「추가 요금을 내야 돼요 ? 我要付額外的費用嗎？」，想要說得更簡單一點的話「추가 요금 있어요 ? 有額外的費用嗎？」 也可以。退房時，如果看到不知道是哪裡來的費用時，可以問「이 요금은 뭐예요 ? 這是什麼費用？」。

15 와이파이 비밀번호가 뭐예요 ?

唸法 wa-i-pa-i bi-mil-beon-ho-ga mwo-ye-yo

Wi-Fi 密碼是什麼？

　　密碼的數字使用漢字音數字。另外，如果連不上 Wi-Fi 的時候可以說「와이파이 연결이 안 돼요 . 連不上 Wi-Fi。」

16 저 대신 주문해 주실 수 있으세요 ?

唸法 jeo dae-sin ju-mun-hae ju-sil su i-sseu-se-yo

可以幫我叫外送嗎 ?

　　想叫外送食物卻不知方法的旅客，可以問民宿或飯店櫃台是否能幫忙叫外送。

17 방 좀 정리해 주세요 .

唸法 bang jom jeong-ni-hae ju-se-yo

請幫我整理一下房間。

　　「정리해 주세요 . 請幫我整理一下。」不一定是房間的整理，在餐廳裡需要整理桌面的時候也會使用這一句喔！

 需要整理的時候

❶ 쓰레기통 좀 비워 주세요 . 請幫我清空垃圾桶。

❷ 쓰레기통만 비워 주세요 . 只要幫我清空垃圾桶就好。

❸ 이불 좀 정리해 주세요 . 請幫我整理棉被。

❹ 이불만 정리해 주세요 . 只要幫我整理棉被就好。

❺ 바닥 좀 정리해 주세요 . 請幫我整理地板。

❻ 바닥만 정리해 주세요 . 只要幫我整理地板就好。

❼ 재떨이 좀 비워 주세요 . 請幫我清空菸灰缸。

❽ 재떨이만 비워 주세요 . 只要幫我清空菸灰缸就好。

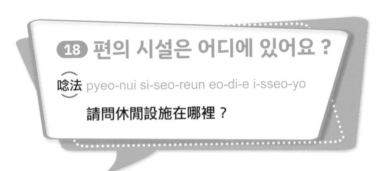

18 편의 시설은 어디에 있어요 ?

唸法 pyeo-nui si-seo-reun eo-di-e i-sseo-yo

請問休閒設施在哪裡 ?

　　或者是問「몇 층에 있어요 ? 在幾樓 ?」，樓層的說法需要使用漢字音數字，例如：「일 층 一樓」、「이 층 二樓」、「삼 층 三樓」、「지하 일 층 地下一樓」等。

19 변압기 있어요 ?

唸法 byeo-nap-gi i-sseo-yo

有變壓器嗎 ?

　　請注意，韓國的電壓為 220V。一般來說，手機的充電器或刮鬍刀是不需要另外的變壓器，但是自備的吹風機等電器，需要注意其電壓是否為 220V，否則要有變壓器才能在韓國使用。

20 택시 좀 불러 주세요 .

唸法 taek-ssi jom bul-leo ju-se-yo

可以幫我叫計程車嗎？

在韓國路上攔計程車不是一件想像中容易的事情，如果移動的距離不遠，會遇到不少拒絕載客的司機。一般來説，韓國當地人會使用叫車服務，但是需要韓國當地的電話號碼，這時候可以詢問櫃檯是否可以幫忙叫計程車。

21 멀티 플러그 있어요 ?

唸法 meol-ti peul-leo-geu i-sseo-yo

有轉接插頭嗎？

「멀티 플러그 轉接插頭」與「변압기 變壓器」又是不同的東西。韓國的插座是兩個圓孔，因為長得像豬的鼻子一樣，所以轉接插頭也叫「돼지코 豬鼻子」：「돼지코 있어요？有轉接插頭嗎？」。

22 충전기 좀 빌릴 수 있어요?

唸法 chung-jeon-gi jom bil-lil su i-sseo-yo

可以借充電器嗎？

　　「충전기」為充電器，另外，「충전 케이블」為充電線。需要借用任何東西的時候，「＿＿＿＿ 좀 빌릴 수 있어요？可以借 ＿＿＿＿ 嗎？」此句型會很實用的！

배달 음식 叫外送

　韓國的外送文化很發達,最受歡迎的外送食品為炸醬麵、炸雞、比薩、豬腳等等。有一個單字為「치맥」,意思指炸雞和啤酒。吃炸雞配啤酒非常搭,有機會找好天氣坐在漢江公園吃,體驗韓國人的生活!

❶ 일 인분도 배달 돼요 ?

唸法 il in-bun-do bae-dal dwae-yo

一人份也有外送嗎 ?

尤其是中華料理店，很少會送一人份的餐點，這時候韓國人會先問「일 인분도 배달 돼요 ? 一人份也有外送嗎 ?」。

❷ 사이드 메뉴는 뭐 있어요 ?

唸法 sa-i-deu me-nyu-neun mwo i-sseo-yo

有哪些配菜呢 ?

通常在比薩店或炸雞店會用到。近年在韓國流行的配菜是「치즈볼 起司球」，如果想要加點起司球，點餐時使用「_____ 추가요 . 我要加點 _____ 。」的句型來說；「치즈볼 추가요 . 我要加點起司球。」、「콜라 추가요 . 我要加點可樂。」

3 토핑 추가 돼요 ?

唸法 to-ping chu-ga dwae-yo

我可以加配料嗎？

通常點比薩的時候需要用到토핑相關句子。

 配料相關單字

- 베이컨 培根 · 파인애플 鳳梨 · 새우 蝦 · 치즈 起司
- 양파 洋蔥 · 올리브 橄欖 · 피망 青椒 · 옥수수 玉米
- 버섯 香菇 · 고구마 地瓜

4 소스 몇 가지 고를 수 있어요 ?

唸法 so-seu myeot ga-ji go-reul su i-sseo-yo

可以選幾種醬料？

不知道該選擇哪個醬料的時候，可以詢問「무슨 소스가 어울려요？哪個醬料會比較搭？」；不想加任何辣味的醬料時可以說「매운 소스는 다 빼 주세요. 任何辣醬都不要放。」

 單字

- 핫소스 辣醬
- 갈릭 디핑 소스 蒜香奶油醬
- 크림 치즈 奶油起司
- 머스타드 소스 黃芥末醬
- 발사믹 식초 義大利香醋
- 마요네즈 美乃滋

❺ 반반이요 .

唸法 ban-ba-ni-yo

我要各一半。

通常點炸雞時要各一半的時候使用此句。例如：原味炸雞和甜辣醬炸雞要各一半的時候說「후라이드 반 , 양념 반이요 .」或「후라이드하고 양념 반반이요 .」。要注意的地方是，原味和甜辣醬口味的炸雞各點半隻，一般來說是很普遍的，但其他口味的炸雞不一定能各點一半，所以點餐前先了解清楚是否能點各半隻。這時候的疑問句使用「반반 돼요 ? 可以各點半隻嗎 ?」。

炸雞店常見餐點

- 후라이드 치킨 原味炸雞
- 양념 치킨 甜醬炸雞
- 간장 치킨 醬油炸雞
- 순살 치킨 無骨炸雞
- 불닭 치킨 火雞 (超辣口味)
- 닭강정 炸雞丁
- 마늘 치킨 蒜頭炸雞
- 무 (醃製的) 蘿蔔

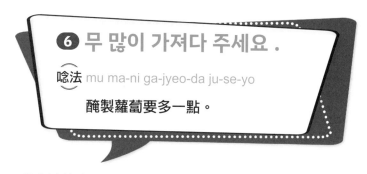

6 무 많이 가져다 주세요 .

唸法 mu ma-ni ga-jyeo-da ju-se-yo

醃製蘿蔔要多一點。

很多連鎖炸雞店的醃製蘿蔔要付額外的費用，如果要加點的話可以說「무 하나 추가요 . 我要加點醃製蘿蔔。」

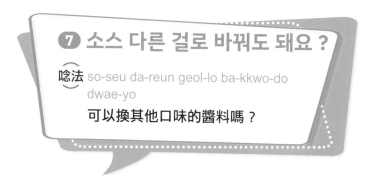

7 소스 다른 걸로 바꿔도 돼요 ?

唸法 so-seu da-reun geol-lo ba-kkwo-do dwae-yo

可以換其他口味的醬料嗎？

點炸雞或比薩時，有些醬料是固定的，有些是可以換同價位的其他醬料，這些都得問清楚後再隨著自己口味決定。

 補充句子

❶ 음료수 다른 걸로 바꿔도 돼요 ? 可以換其他飲料嗎？

❷ 사이드 메뉴 다른 걸로 바꿔도 돼요 ?
可以換其他配菜嗎？

8 짜장면 곱빼기요.

唸法 jja-jang-myeon gop-ppae-gi-yo

我的炸醬麵要加大。

「곱빼기」的意思為把兩碗的份量裝在一碗的意思，也就是「加大」。一般在中華料理店裡常使用，「짜장면 곱빼기」代表炸醬麵要加大，「짬뽕 곱빼기」代表炒馬麵要加大。到底什麼是炒馬麵呢？炒馬麵是辣的，湯底是用豬骨或雞骨去熬煮，然後和炒過的海鮮、蔬菜加在一起吃的一道料理，可以把它理解為辣味海鮮麵。吃完後，碗要記得放在住房的門口，過一段時間後他們會來收走。

 中華料理店主要菜色

- 짜장면　炸醬麵
- 짬뽕　炒馬麵
- 간짜장　乾炸醬麵
- 삼선짬뽕　三鮮炒馬麵
- 탕수육　糖醋肉
- 군만두　煎餃
- 볶음밥　炒飯
- 깐풍기　乾烹雞

❾ 세트로 주세요 .

唸法 se-teu-ro ju-se-yo

我要點套餐。

「세트」指「套餐」。在這
裡還可以延伸出其他句子，例
如：「세트에 뭐 포함됐어요？套
餐裡有什麼？」、「세트는 얼마
예요？套餐是多少錢？」。

❿ 이것만 따로 주문 돼요 ?

唸法 i-geon-man tta-ro ju-mun dwae-yo

這可以單點嗎？

「따로」是「另外」、「分開」的意思。想要單點的人，可以直
接說「이것만 따로 주문하고 싶어요 . 我只想單點這個。」，詢問價錢時：
「따로 주문하면 얼마예요？單點的話費用是多少？」。

11 일회용 젓가락 가져다 주세요.

唸法 il-hoe-yong jeot-ga-rak ga-jyeo-da ju-se-yo

請幫我準備免洗筷。

免洗用具的韓文為「일회용품」。可以把「젓가락 筷子」替換為其他單字，例如：「일회용 숟가락 免洗湯匙」、「일회용 컵 免洗杯」。

12 얼마나 걸려요 ?

唸法 eol-ma-na geol-lyeo-yo

要等多久呢 ?

此句的中文為「要花多長時間？」，也就是指「要等多久？」。對方會回覆「___ 분 걸려요 . 要 ____ 分鐘 。」，此時「___ 분 分鐘」的前面使用漢字音數字。

「＿＿ 분 分鐘」怎麼表達？

漢字音數字：일 (一)、이 (二)、삼 (三)、사 (四)、오 (五)、육 (六)、칠 (七)、팔 (八)、구 (九)、십 (十)。

- 십 분 (十分) ● 이십 분 (二十分) ● 삼십 분 (三十分)
- 사십 분 (四十分) ● 오십 분 (五十分)

13 얼마예요 ?

唸法 eol-ma-ye-yo

多少錢 ?

「얼마」兩個字指「多少？」，所以很多外國人會直接說「얼마？」詢問價錢，但是要注意，這樣問不禮貌！後面一定要加「예요」兩個字，變成「얼마예요？」喔！

説價錢時注意事項

算錢時使用漢字音數字，但是有幾點需要注意：

1.「一百元」、「一千元」、「一萬元」的「一」不能説出來，只要説「백 원 百元」、「천 원 千元」、「만 원 萬元」即可。

2. 中間的零是不會説出來的，舉例説明：「一千零五十元」中的「一」和「零」都不用説，韓文只要説「천오십 원 千五十元」即可。

---

14 현금으로 계산할게요 .

唸法 hyeon-geu-meu-ro gye-san-hal-ge-yo

我要付現金。

叫外送時會問刷卡還是付現，若要刷卡，外送員要先攜帶刷卡機過來，所以要先説好。要刷卡的人請記得説「카드로 계산할게요 . 我要刷卡。」

15 배달료 있어요 ?

唸法 bae-dal-lyo i-sseo-yo

有收外送服務費嗎 ?

以前是完全不會收外送費的,但是近幾年有很多店開始收外送費了,通常收韓幣 3,000 元左右,所以這一點先確認會比較好。

16 주문 변경 가능해요 ?

唸法 ju-mun byeon-gyeong ga-neung-hae-yo

來得及改餐點嗎 ?

點外送餐點時不會留訂餐人的名字,所以這時候必須要告知自己點的餐點是什麼,例如:「아까 후라이드 치킨 주문했는데요 . 我剛點原味炸雞。」

17 호텔 로비에서 기다릴게요.

唸法 ho-tel ro-bi-e-seo gi-da-ril-ge-yo

我在飯店大廳等您。

有些飯店為了安全不讓外送員上樓。如果住宿的飯店有這種情況，先詢問餐點要多久，然後跟店家説「호텔 로비에서 기다릴게요. 我在飯店大廳等您。」

18 도착하시면 전화 주세요.

唸法 do-cha-ka-si-myeon jeon-hwa ju-se-yo

如果到了，請打給我。

如果住宿處大門出入有管制，外送員沒辦法直接送上樓的時候，要請外送員到了打電話通知。這時候使用「도착하시면 전화 주세요. 如果到了，請打給我。」這句。

我們要聽得懂

❶ 주소가 어떻게 되세요 ? 請問您的地址是 ?

❷ 거기는 배달이 안 되는데요 . 我們沒辦法外送到您的區域。

❸ 한 시간 정도 걸립니다 . 需要等一個小時左右。

❹ 더 추가하실 거 없으세요 ? 還有沒有需要加點的 ?

❺ 쿠폰 있으세요 ? 請問有優惠券嗎 ?

❻ 주문 다시 한번 확인하겠습니다 . 再確認一次您的訂餐。

外送文化

　　在韓國的宵夜文化裡少不了外送餐點，不一定是宵夜時間，搬家後或是平常用餐也都會叫外送。最近流行 app 點餐，可是對於觀光客，app 點餐可能比較不方便，這時候打電話到鄰近的店叫外送即可。叫外送時必須要找到鄰近的店，如果脫離自己所在的區域，他們是不會送的！

DAY 2 音檔雲端連結

因各家手機系統不同 ，若無法直接掃描，
仍可以至以下電腦雲端連結下載收聽。
（https://tinyurl.com/3wa34rn9）

01

아침 식사 早餐

　　韓國沒有早餐店的概念，忙碌的上班族會在捷運站、公車站附近買個吐司、飯捲來吃。韓國的吐司特別的地方在於裡面放高麗菜和砂糖、番茄醬，所以吃起來鹹鹹甜甜的。來學習如何點街道上賣的路邊吐司以及吃飯店早餐時會使用到的句子吧！

❶ 토스트 하나 주세요 .

唸法 to-seu-teu ha-na ju-se-yo

我要一份吐司。

「주세요 . 請給我……。」是前面學過的句子，因韓文和中文語法不同，必須先說名詞，再來說數量，最後把動詞「주세요 . 請給我……。」放在後面。

韓文數字怎麼說

韓文數字分兩種：一、純韓文數字 (固有語)，二、漢字音數字。

屬東西時使用純韓文數字 (固有語)，算錢時使用漢字音數字即可。

以下來學習純韓文數字吧！

하나 (一), 둘 (二), 셋 (三), 넷 (四), 다섯 (五), 여섯 (六), 일곱 (七), 여덟 (八), 아홉 (九), 열 (十)……在數字的後面加量詞개 (個) 來應用。

請注意！一個、兩個、三個、四個是不規則的數字，應用時：

한 개 (一個), 두 개 (兩個), 세 개 (三個), 네 개 (四個)。

❷ 김밥 한 줄 주세요.

唸法 gim-bap han jul ju-se-yo

我要一份紫菜飯捲。

紫菜飯捲在韓國是很普遍的早餐，又是常見的小吃，在捷運站出口或小吃店都能買到。紫菜飯捲的量詞為「줄 條」，搭配先前學過的純韓文數字應用即可，例如：「김밥 두 줄 주세요. 我要兩份 (條) 紫菜飯捲。」紫菜飯捲的種類很多，裡面通常會包醃製蘿蔔、火腿、菠菜、蟹肉棒、魚板、小黃瓜、紅蘿蔔、牛蒡。很多人説紫菜飯捲最好吃的部位就是切完後最醜的尾端，韓文稱為「김밥 꽁지」。

常見的紫菜飯捲口味

- 참치김밥　鮪魚飯捲
- 누드김밥　裸飯捲 (沒有用紫菜包)
- 야채김밥　蔬菜飯捲
- 치즈김밥　起司飯捲
- 충무김밥　忠武紫菜飯捲

想吃吃看不同的紫菜飯捲嗎？

「김밥 紫菜飯捲」可以説是韓國小吃的代表。「김밥」當中，有一個很特別的「김밥」種類，那就是「충무김밥 忠武紫菜飯捲」。「충무김밥」裡除了飯，沒有包任何的東西，這一點就已經和其他紫菜飯捲不一樣了，而且它是小小一口的大小，「충무김밥」會搭配辣魷魚和辣蘿蔔一起享用。那為什麼要取名為「忠武紫菜飯捲」呢？因為這道食物源自慶尚南道的忠武 (是現在的統營)！

③ 깻잎 빼 주세요 .

唸法 kkaen-nip ppae ju-se-yo

我不要放芝麻葉。

芝麻葉是在許多韓式料理中不可缺少的蔬菜，不僅是烤肉包生菜食用，紫菜飯捲裡也會有芝麻葉的！它的外觀很像紫蘇葉。很多外國人會怕芝麻葉的味道如同韓國人怕香菜的味道一樣，不敢嘗試芝麻葉的人，可以要求不要放「깻잎 芝麻葉」。「깻잎」的發音比較特別，不能發字面上的音，它正確的發音為 [깬닙]。

 我不要放＿＿

❶ 오이 빼 주세요 . 我不要放小黃瓜。

❷ 단무지 빼 주세요 . 我不要放醃製蘿蔔。

❸ 어묵 빼 주세요 . 我不要放魚板。

❹ 시금치 빼 주세요 . 我不要放菠菜。

❺ 당근 빼 주세요 . 我不要放紅蘿蔔。

❻ 햄 빼 주세요 . 我不要放火腿。

❼ 우엉 빼 주세요 . 我不要放牛蒡。

④ 서비스예요 .

唸法 seo-bi-seu-ye-yo

這是免費招待的。

通常在早餐店招待什麼給客人呢？

布帳馬車的吐司店老闆普遍來說都算親切，如果運氣好，會遇到招待一杯牛奶的老闆！韓國的牛奶容量比較少，大約180~200ml 左右，常見的口味有原味、咖啡、草莓、巧克力。另外，韓國的豆漿和臺灣的豆漿味道不太一樣，豆漿的韓文為「두유 豆奶」。

⑤ 몇 시부터 영업해요 ?

唸法 myeot si-bu-teo yeong-eo-pae-yo

幾點開始營業？

營業時間的韓文為「영업시간」，在菜單上會看到「마지막 식사 주문 시간」，意思為最後點餐時間。另外，若想要詢問打烊時間，請把句子改成「몇 시까지 영업해요 ? 營業到幾點 ? 」。

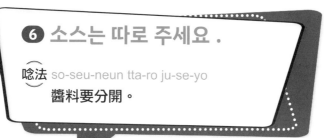

6 소스는 따로 주세요 .

唸法 so-seu-neun tta-ro ju-se-yo

醬料要分開。

不想要淋醬的人可以説「소스는 따로 주세요 . 醬料要分開」，「따로 주세요 .」是「請另外給。」的意思。

 補充句子

❶ 소스는 됐어요 . 我不要加醬料。

❷ 소스 많이 뿌려 주세요 . 醬料要多一點。

❸ 소스 조금만 뿌려 주세요 . 醬料只要加一點。

7 포장이요 .

唸法 po-jang-i-yo

我要外帶。

有幾種關於外帶的説法，先來學一句簡單的句子吧！「포장이요 .」前面加上自己要外帶的食物即可，例如：「김밥 포장이요 . 紫菜包飯要打包。」

8 봉지에 담아 주세요 .

唸法 bong-ji-e da-ma ju-se-yo

請幫我裝在袋子裡。

疑問句為:「봉지에 담아 드릴까요？要幫您裝在袋子裡嗎？」。如果不需要袋子，直接回覆「아니요 . 不。」「됐어요 . 不用。」即可。

9 바로 먹을 거예요 .

唸法 ba-ro meo-geul geo-ye-yo

我要馬上吃。

疑問句為:「바로 드실 거예요？您要馬上吃嗎？」。如果買了吐司或任何路邊小吃後要馬上吃，就回答「바로 먹을 거예요 . 我要馬上吃。」如果沒有要馬上吃，請回答「아니요 . 不。」

10 토스트 빵 좀 채워 주세요 .

唸法 to-seu-teu ppang jom chae-wo ju-se-yo

幫我補一下吐司。

　在飯店用早餐或者在餐廳裡吃自助餐，遇到需要補吐司、果醬、菜等情況時使用「＿＿＿ 좀 채워 주세요 . 請幫我補 ＿＿＿。」句型，例如：「토스트 빵 좀 채워 주세요 . 幫我補一下吐司。」「잼 좀 채워 주세요 . 幫我補一下果醬。」除了此句型外，還可以使用「떨어졌어요 . 沒了。」：「토스트 빵이 떨어졌어요 . 沒有吐司了。」「잼이 떨어졌어요 . 沒有果醬了。」

 果醬

- 딸기잼　草莓果醬 • 사과잼　蘋果果醬 • 포도잼　葡萄果醬
- 땅콩버터　花生醬 • 버터　奶油
- 블루베리잼　藍莓果醬

11 토스트 기계가 고장났어요 .

唸法 to-seu-teu gi-gye-ga go-jang-na-sseo-yo

烤吐司機壞了。

在飯店或民宿的早餐少不了「토스트 吐司」，在前面章節有學過「故障」的韓文「고장났어요 .」，只要把「토스트 기계 吐司機」帶進來使用就完成句子了！

12 오믈렛 하나 주세요 .

唸法 o-meul-let ha-na ju-se-yo

我要一份歐姆蛋。

來學學看除了「오믈렛 歐姆蛋」外，關於蛋的常見料理：「계란프라이 煎蛋」、「수란 水波蛋」、「스크램블 에그 炒蛋」、「삶은 계란 水煮蛋」、「계란말이 玉子燒」。

13 다 먹고 제가 치워야 돼요 ?

唸法 da meok-go je-ga chi-wo-ya dwae-yo

吃完要自己收拾嗎 ?

很多民宿或背包客棧，吃完早餐後要自己收拾，「설거지 洗碗」也要自己來！

14 냅킨 좀 주시겠어요 ?

唸法 naep-kin jom ju-si-ge-sseo-yo

可以給我餐巾紙嗎 ?

「냅킨」為餐巾紙，較簡單的說法為「냅킨 좀 주세요 . 請給我餐巾紙。」兩句的差別在於，「____ 좀 주시겠어요 ? 可以給我 ___ 嗎 ?」是更有禮貌的說法，但是使用「____ 좀 주세요 . 請給我 ____。」也是可以的。

15 이건 무슨 빵이에요?

唸法 i-geon mu-seun ppang-i-e-yo

這是什麼麵包？

不管是在飯店吃早餐，還是在麵包店買早餐，就是少不了「빵 麵包」。以下我們來學幾樣常見的麵包種類：

單字

- 잡곡빵 雜糧麵包
- 통밀빵 全麥麵包
- 크로와상 可頌
- 모닝빵 餐包
- 바게트 法國麵包
- 호밀빵 裸麥麵包
- 베이글 貝果
- 머핀 馬芬

16 너무 짜요 .

唸法 neo-mu jja-yo

味道太鹹了。

「너무」指「非常」。除了表達味道鹹，還可以多學一些形容味道的句子，請看以下補充：

 **形容味道**

❶ 짜요 . 鹹。

❷ 달아요 . 甜。

❸ 싱거워요 . 清淡。

❹ 진해요 . 濃。

❺ 셔요 . 酸。

❻ 써요 . 苦。

❼ 매워요 . 辣。

02

환전소에서 在換錢所

韓國很多地方都有換錢所，不只是觀光區，在市場裡也容易看到換錢所，比起在銀行換錢還划算許多，這種換錢所的韓文為「환전소」。很多外國人懷疑換錢所到底是否合法，請放心，目前從外幣換韓幣是合法喔！

❶ 환전하러 왔는데요 .

唸法 hwan-jeon-ha-reo wan-neun-de-yo

我來換錢。

一般來說只要拿臺幣給換錢所的人，他就會直接幫你換成韓幣。如果想要用韓文說完整的句子，在「환전하러 왔는데요 . 我來換錢。」前面多加「원화 韓幣」即可，「원화로 환전하러 왔는데요 . 我來換韓幣。」

❷ 환율이 어떻게 돼요 ?

唸法 hwa-nyu-ri eo-tteo-ke dwae-yo

匯率是多少 ?

如果從美金換成韓幣，假設匯率是一美金 = 韓幣 1,200 元，那麼對方會回覆「1 달러에 1,200 원이에요 .」。

❸ 백만 원 바꿔 주세요 .

唸法 baeng-man won ba-kkwo ju-se-yo

我要換一百萬元。

　　算錢時使用漢字音數字。如果被問「얼마 바꿔 드릴까요 ? 要換多少呢 ?」，可以回答「<u>100 만 원</u> 바꿔 주세요 . 我要換<u>一百萬元</u>。」

韓國的紙鈔

　　硬幣共有四種，最小單位為十元，再來是五十元、一百元、五百元。

紙鈔有一千元、五千元、一萬元、五萬元。

韓國人習慣刷卡，而且很少保留收據，如果不先跟店員要收據，就算是刷卡的客人也不一定會拿到收據的。

4 달러에서 원화로 바꿔 주세요.

念法 dal-leo-e-seo won-hwa-ro ba-kkwo ju-se-yo

我要從美金換成韓幣。

使用的句型為「＿＿＿ 에서 원화로 바꿔 주세요. 我要從 ＿＿＿ 換成韓幣。」，把幣別帶進來使用即可。

 單字

- 원화　韓幣
- 달러　美金
- 대만 달러　臺幣
- 위안 (화)　人民幣
- 엔 (화)　日幣
- 유로 (화)　歐元

5 100 만 원 바꾸려면 얼마 드려야 돼요 ?

念法 baeng-man won ba-kku-ryeo-myeon eol-ma deu-ryeo-ya dwae-yo

如果要換 100 萬韓元，要給您多少 ?

使用的句型為：「＿＿＿＿ 원 바꾸려면 얼마 드려야 돼요 ? 如果要換 ＿＿＿ 韓元，要給您多少 ? 」。想換多少韓元，就把金額帶進句型裡即可。

❻ 이 돈하고 따로 환전해 주세요 .

唸法 i don-ha-go tta-ro hwan-jeon-hae ju-se-yo

這兩筆錢要分開換。

在前面學過「따로 另外、分開」相關的句子，如果有兩筆錢要分開換，使用「따로」應用即可。

❼ 수수료 있어요 ?

唸法 su-su-ryo i-sseo-yo

有收手續費嗎？

「수수료」為手續費，如果有收手續費，直接問「수수료가 얼마예요 ? 手續費是多少？」。

8 잔돈도 같이 바꿔 주세요 .

唸法 jan-don-do ga-chi ba-kkwo ju-se-yo

給我換一點小鈔。

「잔돈」指「零錢」，但是在這裡翻成「小鈔」。除了「잔돈」，還可以使用「소액권 小鈔」：「소액권도 같이 바꿔 주세요 . 給我換一點小鈔。」想要換更小單位的鈔票的時候：「더 작은 지폐로 바꿔 주세요 . 請幫我換更小單位的鈔票。」如果想要換成指定的鈔票單位，可以説「_____ 원짜리로 바꿔 주세요 . 請幫我換成 _____ 元 (的鈔票)。」

9 수표도 받아요 ?

唸法 su-pyo-do ba-da-yo

你們有收支票嗎？

「수표」指「支票」，「수표도 받아요 ? 你們有收支票嗎？」這一句不一定是用在換錢，買東西的時候也可以使用。

10 백만 원밖에 환전이 안 됩니다 .

唸法 baeng-man won-ba-kke hwan-jeo-ni an doem-ni-da

我們只能幫您換一百萬元。

　　如果換的金額太大，有些換錢所會説「_____ 원밖에 환전이 안 됩니다 . 我們只能幫您換 _____ 元。」尤其是在比較小的換錢所可能沒有太多的外幣。

궁 나들이 宮廷半日遊

　　朝鮮的五大宮廷為景福宮、昌德宮、昌慶宮、德壽宮、慶熙宮。
其中，昌德宮被列為世界文化遺產，昌德宮的後院非常美麗，想要參
觀後院的旅客必須要先預約。昌德宮的後院一天有兩次 (上午十點、
下午四點) 的中文導覽，另外，要注意每個宮廷休館的時間，每週一：
昌德宮、昌慶宮、德壽宮，每週二：景福宮、宗廟。

1 표 두 장 주세요.

唸法 pyo du jang ju-se-yo

我要買兩張票。

　　「장 張」為紙張（票）的量詞，想要購買多少張，就把數量帶進來即可，這時候要使用純韓文數字。例如：「표 세 장 주세요. 我要三張票。」、「표 네 장 주세요. 我要四張票。」

 張數的表達

- 한 장　一張
- 두 장　兩張
- 세 장　三張
- 네 장　四張
- 다섯 장　五張
- 여섯 장　六張
- 일곱 장　七張
- 여덟 장　八張
- 아홉 장　九張
- 열 장　十張

❷ 통합관람권 주세요 .

唸法 tong-hap-gwal-lam-gwon ju-se-yo

我要買套票。

如果要參觀四大宮（＋昌德宮後院）和宗廟，買套票會比較划算；可至四大宮和宗廟售票處購買。

❸ 관람시간이 어떻게 돼요 ?

唸法 gwal-lam si-ga-ni eo-tteo-ke dwae-yo

參觀時間是什麼時候？

　　每個宮廷的參觀時間都不一樣，而且每個季節都會調整參觀時間，如果不清楚可以詢問服務人員「관람시간이 어떻게 돼요 ? 參觀時間是什麼時候 ?」。句子中的「어떻게 돼요 ?」在疑問句常出現，是詢問某件事情時使用的禮貌句型，只要把想問的事情帶進來使用即可：「매표시간이 어떻게 돼요 ? 購票時間是（到）什麼時候 ?」「입장 마감 시간이 어떻게 돼요 ? 入場截止時間是什麼時候 ?」「퇴장 시간이 어떻게 돼요 ? 退場時間是什麼時候 ?」。

❹ 중국어 책자 주세요 .

唸法 jung-gu-geo chaek-ja ju-se-yo

我要中文版的手冊。

「책자」為手冊。如果找不到手冊擺放區，可以先問服務人員「무료 책자 있어요 ? 有免費導覽手冊嗎 ? 」。

❺ 오디오 가이드 있어요 ?

唸法 o-di-o ga-i-deu i-sseo-yo

這裡有語音導覽服務嗎 ?

「오디오 가이드」是英文的 Audio Guide 翻過來的外來語，也就是指語音導覽。中文語音導覽的韓文為「중국어 오디오 가이드」，另外，英文語音導覽為「영어 오디오 가이드」。

6 엽서 파는 곳 있어요 ?

唸法 yeop-seo pa-neun got i-sseo-yo

這裡有賣明信片的地方嗎？

「엽서 明信片」的另外一種說法為「포스트 카드」。

7 표 환불해 주세요 .

唸法 pyo hwan-bul-hae ju-se-yo

我想要退票。

購買綜合參觀券，且沒有使用過的旅客可至購票處辦理退票。「환불해 주세요 .」指「退貨」的意思，可使用於各種情境。

❽ 사진 좀 찍어 주세요 .

唸法 sa-jin jom jji-geo ju-se-yo

請幫我拍照。

在觀光區很實用的句子！前面可以加「저기요 .」，是用來稱呼不認識的人。另外，還可以說：「죄송하지만 다시 한 장 찍어 주세요 . 不好意思，請再幫我拍一張。」或「여러 장 찍어 주세요 . 請幫我多拍幾張。」

❾ 이 각도로 찍어 주세요.

唸法 i gak-do-ro jji-geo ju-se-yo

幫我以這個角度拍照。

　　韓文的指示代名詞有「이 這」「그 那」「저 那」三種，「그」是指離聽者近的那一個，而「저」是指離話者與聽者都遠的那一個。可以把此句中的「이 각도 這角度」換成「그 각도」或「저 각도」。

拍照相關補充句子

❶ 상반신만 나오게 찍어 주세요. 只要拍到上半身就好。

❷ 전신이 나오게 찍어 주세요. 請幫我拍全身照。

❸ 배경 전체가 나오게 찍어 주세요. 我要拍到整個背景。

❹ 사진이 흔들렸어요. 照片晃到了。

10 실내에서 촬영 돼요？

唸法 sil-lae-e-seo chwa-ryeong dwae-yo

室內可以拍照嗎？

「촬영」不一定指拍照，拍影片也叫「촬영」（攝影）。注意看在室內是否有張貼「촬영 금지 請勿拍照」，在警告標誌語上常常會看到「＿＿＿금지 禁止 ＿＿＿」，以下我們來學一下各種標誌語：

 警告標誌語

❶ 밟지 마십시오 . 請勿踩踏。

❷ 출입금지 請勿進出。

❸ 음식물 반입 금지 請勿攜帶食物。

❹ 음식물 섭취 금지 請勿飲食。

❺ 플래시금지 禁止開閃光燈。

> **11** 출구가 어디예요?
>
> 唸法 chul-gu-ga eo-di-ye-yo
>
> **出口在哪裡？**

我們得看懂這三個單字：「입구 入口」、「출구 出口」以及「나가는 방향 出去的方向」。

> **12** 쓰레기통 어디에 있어요?
>
> 唸法 sseu-re-gi-tong eo-di-e i-sseo-yo
>
> **請問垃圾筒在哪裡？**

「_____ 어디에 있어요? _____ 在哪裡？」句型很實用，把想要詢問的場所或地標帶進來即可。

 單字

- 일반 쓰레기 一般垃圾
- 재활용 쓰레기 回收垃圾
- 종이류 紙類
- 플라스틱류 塑膠類

한복 체험 穿韓服

不管是韓國人或外國人，只要有穿韓服，參觀宮廷免付入場費。尤其在景福宮、韓屋村附近有很多韓服店，除了一般傳統韓服外，還有與各種角色相關的特色韓服。穿了韓服後，還可以租借適合的傳統髮飾。費用通常用小時計算，一小時約一萬～兩萬的韓幣。

❶ 한복 대여하고 싶은데요 .

唸法 han-bok dae-yeo-ha-go si-peun-de-yo

我想租韓服。

在路上看到「한복대여」四個字的招牌，意思指「出租韓服」。先想好自己想要的顏色和風格，當天在現場看到好幾種韓服才不會浪費太多時間。

❷ 생활 한복은 어디에 있어요 ?

唸法 saeng-hwal han-bo-geun eo-di-e i-sseo-yo

生活韓服在哪裡？

韓服有很多種類，其中，「생활 한복 生活韓服」和「전통 한복 傳統韓服」相比，生活韓服的設計更現代化，適合平日穿著。除了一般的韓服，還有在古裝劇會看到的「테마 한복 主題韓服」、「웨딩 한복 婚禮韓服」等，都是一種選擇。

❸ 남자 한복은 어디에 있어요 ?

唸法 nam-ja han-bo-geun eo-di-e i-sseo-yo

男生韓服在哪裡 ?

最有人氣的男生韓服是裝扮為書生的人物韓服，而且要記得戴朝鮮時代男人配戴的帽子「갓」才會更完美！

❹ 장신구는 추가 비용이 드나요 ?

唸法 jang-sin-gu-neun chu-ga bi-yong-i deu-na-yo

飾品要付額外的費用嗎 ?

飾品選項有頭飾、鞋子、包包。頭飾的部份有「헤어 코사지 裝飾花」、「댕기 髮繩」、「어우동 모자 藝妓帽子」、「배씨댕기 髮帶」。「댕기」是綁在辮子尾端的髮繩，為平凡的辮子帶來亮點！「어우동 是一名朝鮮王朝的藝妓，「어우동 모자」有鮮艷的色彩，炎熱的夏天可以拿來遮陽光。男性旅客可以租武士飾品，有腰帶、護臂、髮帶等配件。

5 입어 봐도 돼요 ?

唸法 i-beo bwa-do dwae-yo

可以試穿嗎？

　　有些租韓服店會限制試穿的次數，這時候就要注意了！試穿前先詢問「몇 벌 입어 볼 수 있어요？可以試穿幾件？」，再仔細挑選想試穿的衣服。如果店家沒有限制的話，會回覆「제한 없어요 . 沒有限制。」

 純韓文數字＋件數

- 한 벌（一件） • 두 벌（兩件） • 세 벌（三件）
- 네 벌（四件） • 다섯 벌（五件）• 여섯 벌（六件）
- 일곱 벌（七件）• 여덟 벌（八件）• 아홉 벌（九件）
- 열 벌（十件）

6 저고리 매는 것 좀 도와주세요 .

唸法 jeo-go-ri mae-neun geot jom do-wa-ju-se-yo

請幫我綁上衣。

　　「도와주세요 .」是「請幫幫忙。」的意思。在網路上應該看到很多女生穿韓服綁辮子的照片，如果韓服店有髮型服務，長頭髮的女生可以應用「도와주세요 .」來說「머리 땋는 것 좀 도와주세요 . 請協助我綁辮子。」

- 저고리 韓服上衣 • 속치마 內裙 • 겉치마 外裙
- 액세서리 飾品

❼ 다 골랐어요 .

唸法 da gol-la-sseo-yo

我選好了。

所有服飾、裝飾品都選好後告訴店家「다 골랐어요 . 我選好了。」若還沒有選好，可以說「아직이요 . 還沒好。」

❽ 선불이에요 ?

唸法 seon-bu-ri-e-yo

要先付款嗎？

去韓國買東西也好吃東西也好，我們要聽懂「선불 先付」和「후불 後付」兩個單字。

❾ 헤어스타일 좀 정리해 주세요 .

唸法 he-eo-seu-ta-il jom jeong-ni-hae ju-se-yo

請幫我整理一下頭髮。

穿好韓服後的下一個動作就是整理頭髮，韓服最適合端正素雅的髮型。請店家幫忙，通常不會收費，但是以防萬一還是先問「추가 비용이 드나요? 有額外的費用嗎 ? 」。

❿ 세 시간 대여할게요 .

唸法 se si-gan dae-yeo-hal-ge-yo

我要租三個小時。

租韓服是用時數來計算。如果要先付款，必須抓好大概的時間。

純韓文數字＋小時

- 한 시간 (一個小時)
- 두 시간 (兩個小時)
- 세 시간 (三個小時)
- 네 시간 (四個小時)
- 다섯 시간 (五個小時)

11 시간 초과되면 어떡해요 ?

唸法 si-gan cho-gwa-doe-myeon eo-tteo-kae-yo

如果超時怎麼辦？

　　超時費用的計算，可能的回答句型為：「10 분당 1,000 원이에요 . 10 分鐘一千元。」、「10 분에 1,000 원이에요 . 10 分鐘一千元。」

12 사물함 필요해요 .

唸法 sa-mul-ham pi-ryo-hae-yo

我需要置物櫃。

　　需要置物櫃的旅客跟店員説「사물함 필요해요 . 我需要置物櫃。」，或者店員會先詢問「사물함 필요하세요？請問需要置物櫃嗎？」。

13 추가 요금이 얼마예요?

(唸法) chu-ga yo-geu-mi eol-ma-ye-yo

額外的費用怎麼算？

「추가 요금」為「額外的費用」。不論是超時的費用，還是額外的費用，只要用這一句即可！

14 옷이 더러워졌어요.

(唸法) o-si deo-reo-wo-jyeo-sseo-yo

衣服變髒了。

除了「옷이 더러워졌어요. 衣服變髒了。」，還有可能會發生衣服破掉的情況，這時候改用「옷이 찢어졌어요. 衣服破了。」如果裝飾品掉了，說「장식이 떨어졌어요. 裝飾掉了。」

 補充句子

❶ 인터넷으로 예약했어요. 我有網路預約。

❷ 이 디자인 있어요? 有這個款式嗎？

❸ 파손 시 위약금이 발생합니다. 破損時產生違約金。

버스 타기 搭公車

公車分四種顏色：藍色、綠色、紅色、黃色。藍色巴士為幹線巴士，綠色巴士為連接幹線巴士及捷運站的支線巴士(供區域內的通行)，紅色巴士為廣域巴士(通行的距離較遠)，黃色巴士為環線巴士。搭公車一定要前門上後門下；另外，首爾公車上下車時都要刷卡，以免產生額外的費用。

> ❶ 버스 정류장이 어디예요?
>
> 唸法 beo-seu jeong-nyu-jang-i eo-di-ye-yo
>
> **請問公車站在哪裡？**

首先，「公車站」有幾種不同的說法：「정류장」、「정류소」、「정거장」。三種都指「公車站」，看個人的習慣使用即可。

補充句子

❶ 이 근처에 버스 정류장 있어요? 這附近有公車站嗎？

❷ 버스 정류장이 여기에서 멀어요? 公車站離這裡遠嗎？

❸ 가까운 버스 정류장이 어디예요?
離這裡近的公車站是哪裡？

> ❷ 시청에 가요?
>
> 唸法 si-cheong-e ga-yo
>
> **請問這公車有到市政府嗎？**

有些公車來回的路線會稍微不同，如果想確認是否有到目的地，問司機「＿＿＿에 가요？有到＿＿＿嗎？」。請記得稱呼「司機 (大哥)」的韓文為「기사님」。

❸ 몇 번 버스 타야 돼요？

唸法 myeot beon beo-seu ta-ya dwae-yo

請問我要搭幾號公車？

在句子的最前面加上目的地後讓句子變更完整，例如：「시청에 가려면 몇 번 버스 타야 돼요？如果要去市政府，要搭幾號公車？」。使用的句型為：「_____ 에 가려면 몇 번 버스 타야 돼요？如果要去 _____，要搭幾號公車？」。

公車號碼的唸法

三位數字的公車唸法：110 號 (백십 번 / 百十號)、153 號 (백오십삼 번 / 百五十三)、567 號 (오백육십칠 번 / 五百六十七號)。只要是三位數字的公車號碼，要把全部的數字單位唸出來，另外，唸「一百」的時候請注意，不要把「一」說出來，直接說「百」即可。

四位數字的公車唸法：7720 號 (칠칠이공 번 / 七七二零號)、7017(칠공일칠 번 / 七零一七號)。如果是四位數字的公車號碼，單獨唸一個一個的數字即可。

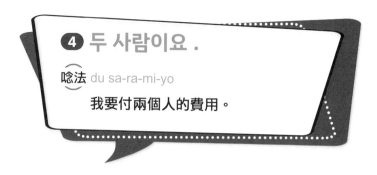

4 두 사람이요 .

唸法 du sa-ra-mi-yo

我要付兩個人的費用。

　　付兩個人的費用是沒辦法享有轉乘優惠的。若要享有轉乘優惠，記得下車時一定要刷卡，而且在 30 分鐘內轉公車、捷運即可。

 嗶交通卡時可能會聽到……

❶ 환승입니다 . 是轉乘票卡。
(轉乘的旅客，嗶交通卡時會聽到此句。)

❷ 잔액이 부족합니다 . 餘額不足。

❸ 카드를 한 장만 대 주세요 . 請刷一張卡片
(刷卡未完成的時候)。

⑤ 현금으로 낼게요.

唸法 hyeon-geu-meu-ro nael-ge-yo

我要付現金。

　　提醒一下，刷交通卡和付現金的車資費不同。要付現金的人，直接把車資費投進收費箱裡即可。如果需要找錢，先跟司機說一聲，避免司機沒有看到乘客投錢造成彼此的困擾。

⑥ 어른하고 어린이요.

唸法 eo-reun-ha-go eo-ri-ni-yo

一位大人，一位兒童。

　　如果要付兩人(含)以上的車資費，要怎麼用韓文表達呢？大人的韓文為「어른」，兒童(滿6歲～滿12歲)的韓文為「어린이」，青少年(滿13歲～滿18歲)的韓文為「청소년」。請看以下應用方式：「어른하고 청소년이요.一位大人，一位青少年。」、「어른하고 어린이두 명이요.一位大人，兩位兒童。」、「어른 두 명하고 어린이요.兩位大人，一位兒童。」

7 시청까지 얼마나 걸려요 ?

唸法 si-cheong-kka-ji eol-ma-na geol-lyeo-yo

請問到市政府要多久 ?

最前面加目的地，「_____ 까지 얼마나 걸려요 ? 到 _____ 需要多長時間 ?」。司機可能會回覆：「_____ 분 걸려요 . 需要 ___ 分鐘。」、「금방이에요 . 很快。」

8 몇 정거장 남았어요 ?

唸法 myeot jeong-geo-jang na-ma-sseo-yo

還剩幾站 ?

「司機大哥」的韓文稱呼為「기사님」。把目的地加在「____ 까지 몇 정거장 남았어요 ? 到 ____ 還剩幾站 ?」的句型會變得更完整，例如：「기사님 , 시청까지 몇 정거장 남았어요 ? 司機大哥，到市政府還剩幾個站 ?」。

❾ 여기에서 내리면 돼요 ?

唸法 yeo-gi-e-seo nae-ri-myeon dwae-yo

我要在這裡下車嗎 ?

下車前，想要再次確認是否已抵達目的地的時候問「여기에서 내리면 돼요 ? 我要在這裡下車嗎 ?」。公車裡雖然有英文廣播，只是有時候廣播聲音太小，聽得不是很清楚。

❿ 문 좀 열어 주세요 .

唸法 mun jom yeo-reo ju-se-yo

請幫我開門。

除了「문 좀 열어 주세요 . 請幫我開門。」之外，還可以說「아직 안 내렸어요 . 我還沒有下車。」

 下車廣播

❶ 이번 정류장은 연남동입니다 . 前方到站為延南洞。

❷ 내리실 분은 미리 벨을 눌러 주시기 바랍니다 .
下車的乘客請先按下車鈴。

❸ 감사합니다 . 謝謝。

警告語

❶ 손잡이를 꼭 잡아주시기 바랍니다 . 請緊握扶手。

❷ 기대지 마십시오 . 請勿倚靠。

❸ 급정거나 급회전에 대비하여 손잡이를 꼭 잡아 주시기
바랍니다 .
為防備急剎車或急轉彎，請緊握扶手。

附錄－택시 타기 搭計程車

韓國計程車最常見的兩種顏色為橘色和黑色；橘色計程車是一般計程車，黑色計程車是模範計程車。模範計程車的標準是什麼呢？要滿足五年內無交通事故、遵守交通法規、高出勤率等規定。因為如此，模範計程車的費用也會比一般計程車貴一點。

❶ 가까운 거리 가는데 괜찮아요？

唸法 ga-kka-un geo-ri ga-neun-de gwaen-cha-na-yo

我要去鄰近的地方，可以嗎？

很多人或許不明白，為何要問這樣的一句話呢？在韓國攔計程車沒那麼輕鬆，如果要到近距離的地方，願意載客的司機沒有想像中的多。尤其是到了深夜，停在路邊上的計程車，通常車門是鎖住的，因為司機想要先確認目的地的距離。

❷ 트렁크 좀 열어 주세요.

唸法 teu-reong-keu jom yeo-reo ju-se-yo

請幫我開車箱。

「車箱」的韓文為「트렁크」。相關的句子為：「트렁크 안 열렸어요. 車箱沒有開。」、「좀 도와주세요. 請幫我一下。」

❸ 신촌 근처로 가 주세요 .

唸法 sin-chon geun-cheo-ro ga ju-se-yo

我要到新村附近。

　　想要説「我要到 _____ 附近。」的時候可以使用「_____ 근처로 가 주세요」的句型，或者使用「_____ (으) 로 가 주세요 . 我要到 _____ 。」的句型也可以，把目的地帶進來就可以了。

❹ 연남동으로 가 주세요 .

唸法 yeon-nam-dong-eu-ro ga ju-se-yo

我要到延南洞。

　　何謂「동 洞」呢？首爾市有 25 個區 (구)，區裡面有洞。搭計程車的時候韓國人會説「我要到 _____ 洞。」，或者會説弘大、南大門市場等大地標。

❺ 주소밖에 모르는데요 .

唸法 ju-so-ba-kke mo-reu-neun-de-yo

我只知道地址。

　　基本上，韓國人是不認地址上的路名，所以搭計程車時先説目的地附近的大地標、鄰近的捷運站，或者是告訴司機目的地在哪一個洞，讓司機有大概的方向。

　　如果不知道確切的位置，只知道地址的時候，可以跟司機説「주소밖에 모르는데요 . 我只知道地址。」

韓國的地址有兩種，一種是舊地址，另一種是新地址。就算是舊地址，輸入導航或寄信時還是可以使用的。舊地址和新地址的格式不會差太多，只是在舊地址上的「洞」改成「路名」，並且去掉大樓的詳細名稱罷了。

❻ 골목에 있어요 .

唸法 gol-mo-ge i-sseo-yo

它 (目的地) 在巷子裡。

韓國有很多彎彎曲曲的坡路和岔路，在巷子裡的房子也很多。如果要去的目的地是在巷口，建議跟司機説一聲，找路的時候會比較好找。

❼ 다 와 가요？

唸法 da wa ga-yo

快到了嗎？

想詢問是否快抵達或路況時，除了「다 와 가요？快到了嗎？」，還有：「어디쯤 왔어요？目前到哪裡了？」「얼마나 더 가야 돼요？還要多久？」「차가 막힐까요？會塞車嗎？」。

8 앞으로 쭉 가 주세요 .

唸法 a-peu-ro jjuk ga ju-se-yo

請在這裡直走。

「請直走。」的韓文可以再縮短成「쭉 가 주세요 .」，「쭉」是「直直地」的意思，或者把「쭉」拿掉後變成「앞으로 가 주세요 .」也是可以的。

補充句子

❶ 오른쪽으로 가 주세요 . 請走右邊的路。

❷ 왼쪽으로 가 주세요 . 請走左邊的路。

❸ 우회전이요 . 請右轉。

❹ 좌회전이요 . 請左轉。

❺ 이 길 따라서 가 주세요 . 請沿著這條路走。

❻ 신호등 지나야 돼요 . 要過紅綠燈。

❼ 사거리 지나야 돼요 . 要過十字路口。

❽ 삼거리 지나야 돼요 . 要過三岔路。

9 빨리 가 주세요 .

唸法 ppal-li ga ju-se-yo

請開快一點。

可以應用為「시간 없는데 좀 빨리 가 주세요 . 我沒有時間，請您開快一點。」相反的句子為「천천히 가 주세요 . 請開慢一點。」

10 여기에서 내릴게요 .

唸法 yeo-gi-e-seo nae-ril-ge-yo

我要在這裡下車。

如果想要提前下車，可以用這一個句子！或是説「저기에서 내릴게요 . 我要在那裡下車。」

11 가까운 지하철역에서 세워 주세요 .

唸法 ga-kka-un ji-ha-cheol-lyeo-ge-seo se-wo ju-se-yo

請幫我停靠在鄰近的捷運站。

使用的句型為「가까운 ＿＿＿＿＿ 에서 세워 주세요 . 請幫我停靠在鄰近的 ＿＿＿＿＿。」

 單字

- 편의점　便利商店　• 버스 정류장　公車站　• 우체국　郵局
- 경찰서　警察局　• 약국　藥局

12 첫 번째 신호등에서 세워 주세요 .

唸法 cheot beon-jjae sin-ho-deung-e-seo se-wo ju-se-yo

請幫我停靠在第一個紅綠燈。

「첫 번째」為「第一個」的意思。如果想要應用此句，可以使用「＿＿＿ 번째 ＿＿＿＿ 에서 세워 주세요 . 請停靠在第 ＿＿＿＿ 個 ＿＿＿＿。」，例如：「두 번째 골목에서 세워 주세요 . 請停靠在第二個巷子口。」

• 횡단보도　斑馬線 • 사거리　十字路口 • 삼거리　三岔路
• 교차로　交叉路口 • 골목　巷子

順序的表達

• 첫 번째 (第一個) • 두 번째 (第二個) • 세 번째 (第三個)
• 네 번째 (第四個) • 다섯 번째 (第五個)

화장품 쇼핑 逛街買化妝品

　　明洞商圈是觀光客必訪的地方，想要買韓國化妝品的旅客絕對不能錯過！該有的韓國化妝品牌皆在明洞，每個牌子都有自己的特色，滿額記得要退稅喔。若要前往明洞的旅客，請搭捷運 2 號線在「을지로입구역 乙支路路口」，或者搭捷運 4 號線在「명동역 明洞站」下車。

① 마스카라는 어디에 있어요 ?

唸法 ma-seu-ka-ra-neun eo-di-e i-sseo-yo

睫毛膏在哪裡？

這句可以套用「스킨케어 제품 保養品」、「색조 彩妝」等單字來應用。店員也會問:「찾으시는 제품 있으세요?請問在找什麼產品嗎?」、「뭐 찾으세요?請問在找什麼嗎?」,如果想要安靜地逛逛,回覆「그냥 보는 거예요. 我只是逛逛而已。」

② 제품 좀 추천해 주세요 .

唸法 je-pum jom chu-cheon-hae ju-se-yo

請幫我推薦產品。

把自己的膚質帶進來,讓句子變成:「건성 피부 제품 좀 추천해 주세요. 請幫我推薦乾性肌膚的產品。」,讓店員有個推薦產品的方向。

膚質

- 지성 피부 油性肌膚 　　• 건성 피부 乾性肌膚
- 중성 피부 中性肌膚 　　• 트러블 피부 痘痘肌膚
- 민감성 피부 敏感性皮膚

 保養品

- 스킨 / 토너 化妝水 　• 로션 乳液 • 선크림 防曬油
- 에센스 / 세럼 精華液 • 크림 霜 　• 아이크림 眼霜
- 팩 面膜

 潔面化妝品

- 클렌징 폼 洗面乳 　• 클렌징 워터 卸妝水
- 클렌징 오일 卸妝油 • 클렌징 크림 卸妝膏
- 립앤아이리무버 眼唇卸妝液

 打底妝

- 메이크업 베이스 隔離霜 　• 아이섀도우 眼影
- BB 크림 BB 霜 　　　　• 파운데이션 粉底液
- 에어 쿠션 氣墊粉餅

 眼妝

- 아이라이너 眼線 　　　• 펜슬 아이라이너 眼線筆
- 젤 아이라이너 凝膠眼線筆 • 마스카라 睫毛膏
- 아이브로우 펜슬 眉筆 　• 워터프루프 防水

唇妝

- 립스틱 口紅 • 립밤 唇膏 • 립글로즈 / 립틴트 唇彩

其他單字

- 섀딩 修容 • 하이라이터 高光 • 블러셔 腮紅

❸ 제가 사용할 거예요 .

唸法 je-ga sa-yong-hal geo-ye-yo

是我要用的。

當店員要推薦產品時，會先問「고객님이 사용하실 거예요 ? 是您本人要使用的嗎 ? 」，如果是要送人，請回答「선물할 거예요 . 我要送人。」如果是要自己使用，請回答「제가 사용할 거예요 . 是我要用的。」

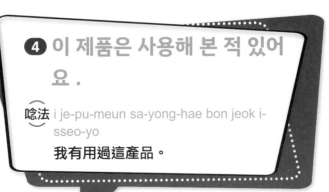

4 이 제품은 사용해 본 적 있어요.

唸法 i je-pu-meun sa-yong-hae bon jeok i-sseo-yo

我有用過這產品。

　　店員推薦的商品剛好是有使用過，可以跟店員說「이 제품은 사용해 본 적 있는데 다른 제품은 없어요？這產品我有使用過，請問有其他商品嗎？」。

5 밝은 색으로 추천해 주세요.

唸法 bal-geun sae-geu-ro chu-cheon-hae ju-se-yo

請推薦亮色。

　　關於彩妝，每個人都有自己喜歡的色彩，例如：「밝은 색 明亮的顏色」、「어두운 색 暗色」、「자연스러운 색 自然膚色」。

 補充句子

❶ 너무 밝은 것 같아요 我覺得太亮了。

❷ 너무 어두운 것 같아요. 我覺得太暗了。

❸ 펄이 있는 걸로 추천해 주세요 . 我要有珠光的產品。

❹ 펄이 없는 걸로 추천해 주세요 . 我不要有珠光的產品。

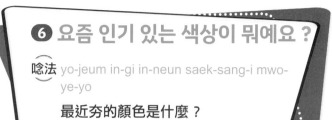

❻ 요즘 인기 있는 색상이 뭐예요 ?

唸法 yo-jeum in-gi in-neun saek-sang-i mwo-ye-yo

最近夯的顏色是什麼 ?

　　顏色太多不知道選擇什麼顏色時可以問「 요즘 인기 있는 색상이 뭐예요 ? 最近夯的顏色是什麼 ? 」。韓文顏色的說法基本上有兩種，韓文固有語和外來語，彩妝和服飾相關的顏色通常用外來語居多。

 顏色（外來語）

- 레드　紅色
- 오렌지　橘色
- 핑크　粉紅色
- 핫핑크　亮粉色
- 블루　藍色
- 그린　綠色
- 베이지　膚色
- 그레이　灰色
- 블랙　黑色
- 화이트　白色

7 미백 효과 있어요？

唸法 mi-baek hyo-gwa i-sseo-yo

有美白的效果嗎？

除了「미백 효과 美白效果」，可以把個人的膚質煩惱帶進來，例如：「각질이 고민이에요 . 我有角質的困擾。」、「블랙헤드가 고민이에요 . 我有黑頭的困擾。」

 肌膚煩惱

- 주름 皺紋　　• 모공 毛孔　• 각질 角質　• 기미 黑斑
- 블랙헤드 黑頭 • 트러블 痘痘

8 촉촉한 타입이 좋아요 .

唸法 chok-cho-kan ta-i-bi jo-a-yo

我喜歡滋潤一點的。

不喜歡「촉촉한 타입 滋潤型」的人，可以改用「매트한 타입 啞光型」。

❾ 저하고 안 어울리는 것 같아요 .

唸法 jeo-ha-go an eo-ul-li-neun geot ga-ta-yo

好像不太適合我。

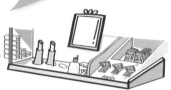

如果是顏色不合適，則用「저하고 안 어울리는 것 같아요 . 好像不適合我。」；若產品的成份讓皮膚有過敏等症狀時，可以說「저하고 안 맞는 것 같아요 .」。

❿ 테스트해 봐도 돼요 ?

唸法 te-seu-teu-hae bwa-do dwae-yo

可以試用嗎？

可以指定手背或皮膚等地方，例如：「손등에 테스트해 봐도 돼요 ? 可以試用在手背上嗎？」、「얼굴에 테스트해 봐도 돼요 ? 可以試用在臉上嗎？」。

11 행사 상품 있어요?

唸法 haeng-sa sang-pum i-sseo-yo

有特價的產品嗎？

打折的韓文為「세일」，除了「행사 상품 있어요？有特價的產品嗎？」外，也可以說「세일 상품 있어요？有特價的產品嗎？」

12 사은품은 뭐예요?

唸法 sa-eun-pu-meun mwo-ye-yo

贈品是什麼？

購物時會看到類似「2 만원 이상 구매 시 사은품 증정 滿兩萬元以上送贈品」的句子，這時候想知道贈品是什麼，就用「사은품은 뭐예요？」詢問即可。

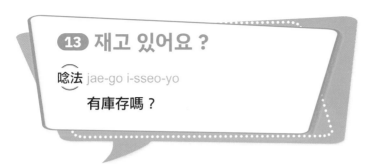

13 재고 있어요 ?

唸法 jae-go i-sseo-yo

有庫存嗎 ?

「재고 있어요？有庫存嗎？」，如果沒有庫存的話，店員會回覆「없어요 . 沒有。」另外，可以再學一句「새 거 있어요？商品有新的嗎 ？」。

14 이걸로 주세요 .

唸法 i-geol-lo ju-se-yo

我要這個。

「我要這個」、「我要那個」、「我要新的」的說法為：「이걸로 주세요 . 我要這個。」、「그걸로 주세요 . 我要那個。」、「새 걸로 주세요 . 我要新的。」

結帳的時候突然變心，想要說「我不要這個。」，韓文為「이거 빼 주세요 .」。

15 이 제품 말고 다른 제품은 없어요 ?

唸法 i je-pum mal-go da-reun je-pu-meun eop-sseo-yo

除了這個產品外還有其他的嗎?

「제품」指產品,不知道產品名稱,則可以使用指示代名詞。先前有學過韓文的三種指示代名詞:「이 這」、「그 那」、「저 那」,「이 제품 這個產品」可換成「그 제품」或「저 제품」。

16 선물 포장해 주세요 .

唸法 seon-mul po-jang-hae ju-se-yo

請幫我包裝。

禮品包裝前先確認是否需要額外的費用:「선물 포장은 무료예요? 禮品包裝是免費嗎?」。

17 샘플 많이 주세요 .

唸法 saem-peul ma-ni ju-se-yo

請給我一些試用包。

明洞商圈的化妝品店對外籍旅客很大方，就算不開口說還是會給滿滿試用包。但是如果沒有拿到，就說一句「샘플 많이 주세요 . 請給我多一點的試用包。」

18 쇼핑백 더 주세요 .

唸法 syo-ping-baek deo ju-se-yo

請再多給我紙袋。

「더 주세요 . 再給我多一點。」是很實用的句子，還可以在餐廳續小菜時使用，例如：「반찬 더 주세요 . 再給我一些小菜。」

 **店員可能會説**

❶ 연령대가 어떻게 되세요 ? 是哪個年齡層 ?

❷ 피부 타입이 어떻게 되세요 ? 請問您是什麼肌膚 ?

❸ 같이 사용하시면 효과가 더 좋아요 .
一起使用效果會更好。

❹ 아침 저녁으로 사용하세요 . 請早晚使用。

❺ 자기 전에 사용하세요 . 請睡前使用。

❻ 행사 중이에요 . 是特價中的產品。

❼ 신상품이에요 . 這是新產品。

❽ 1+1 (원 플러스 원) 이에요 . 是買一送一。

❾ 품절이에요 . 賣完了。

❿ 포인트 적립해 드릴까요 ? 需要幫您集點嗎 ?

情境式對話

점원 (店員) : 손님 , 뭐 찾으시는 거 있으세요 ?
請問找什麼產品嗎 ?

손님 (顧客) : 스킨 케어 제품 좀 추천해 주세요 .
請幫我推薦保養品。

점원 : 고객님이 쓰실 거예요 ? 您要使用的嗎 ?

손님 : 네 . 제가 쓸 거예요 . 對，是我要使用的。

점원 : 피부 타입이 어떻게 되세요 ? 請問您是什麼肌膚 ?

손님 : 건성이에요 . 乾性肌膚。

점원 : 이 제품은 어떠세요 ? 지금 행사 중이에요 .
這產品如何 ? 現在有特價。

손님 : 네 . 그럼 이걸로 주세요 . 好，那我要這個。

점원 : 포인트 적립해 드릴까요 ? 請問要集點嗎 ?

손님 : 아니요 . 괜찮아요 . 不，沒關係。

저녁 식사 晚餐

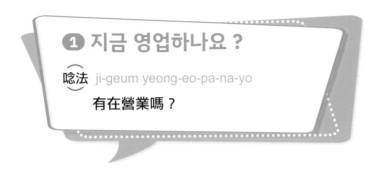

① 지금 영업하나요?

唸法 ji-geum yeong-eo-pa-na-yo

有在營業嗎？

營業時間：「영업시간」，休息時間：「브레이크타임」，公休：「휴무 / 정기 휴일」。如果在店門口看到「휴무」或「정기 휴일」代表公休，例如：「월요일 휴무 週一公休」。

 週一到週日怎麼說？

週一	週二	週三
• 월요일 (月曜日)	• 화요일 (火曜日)	• 수요일 (水曜日)

週四	週五	週六
• 목요일 (木曜日)	• 금요일 (金曜日)	• 토요일 (土曜日)

週日
• 일요일 (日曜日)

② 줄 서고 계신 거예요 ?

唸法 jul seo-go gye-sin geo-ye-yo

請問您是在排隊嗎?

　　有時候不知道到底一群人是在排隊還是只是站著的時候,詢問「줄 서고 계신 거예요?請問您是在排隊嗎?」。如果不清楚隊伍是從哪裡開始,可以問「어디가 줄이에요?排隊是從哪裡開始?」。

③ 새치기하지 마세요 .

唸法 sae-chi-gi-ha-ji ma-se-yo

請不要插隊。

　　此句不會不禮貌,因為這一句用了委婉的命令句「____지 마세요 . 請不要 ____ 。」,請安心使用!再補充一個句子,「밀지 마세요 . 請不要推。」

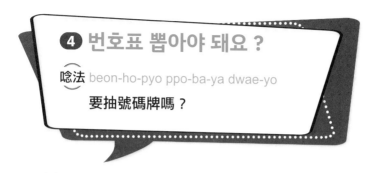

④ 번호표 뽑아야 돼요 ?

唸法 beon-ho-pyo ppo-ba-ya dwae-yo

要抽號碼牌嗎 ?

　　不確定是否需要抽號碼牌的時候問「번호표 뽑아야 돼요 ? 要抽號碼牌嗎 ?」不知道在哪裡抽號碼牌的時候，説「번호표 어디에서 뽑아요 ? 在哪裡抽號碼牌 ?」即可。

⑤ 번호 지났어요 .

唸法 beon-ho ji-na-sseo-yo

過號了。

　　類似的句子為「제 차례 지났어요 . 我的順序已經過了。」除此之外，如果想要詢問目前的叫號，説：「몇 번까지 부르셨어요 ? 您叫到幾號了 ?」「지금 몇 번이에요 ? 現在是幾號 ?」。

❻ 자리 있어요 ？

🔵唸法 ja-ri i-sseo-yo

現在有位子嗎？

韓國和臺灣相比，比較沒有訂位的習慣，但是有些餐廳必須要訂位。如果沒有訂位時，可以説「예약 안 했는데 자리 있어요 ？沒有預約，請問有位嗎？」如果已經有朋友在餐廳裡，則説「안에 일행 있어요 . 」。

❼ 3 명이요 ．

🔵唸法 se-myeong-i-yo

我們三位。

人數使用純韓文數字。

當店員要帶位時，會問「다 도착했나요 ？都到齊了嗎？」，這時候可能的回答為：「네 . 是的。」、「아니요 . 沒有。」或者「이 따 (곧) 올 거예요 . 還沒，等等 (馬上) 就來了。」

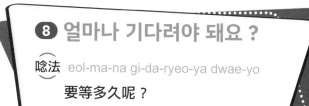

8 얼마나 기다려야 돼요?

唸法 eol-ma-na gi-da-ryeo-ya dwae-yo

要等多久呢？

店員可能回「_____분 이상 기다리셔야 돼요. 要等 _____分鐘以上。」、
「1 시간 이상 기다리셔야 돼요. 要等一小時以上。」

9 저기 앉아도 돼요?

唸法 jeo-gi an-ja-do dwae-yo

可以坐那邊的位子嗎？

「앉아도 돼요?」指「可以坐嗎？」，應用此句可以問更具體一點，例如：「창가 자리에 앉아도 돼요? 可以坐窗戶邊嗎？」「다른 자리에 앉아도 돼요? 可以坐其它位子嗎？」。

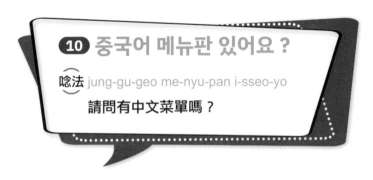

10 중국어 메뉴판 있어요?

唸法 jung-gu-geo me-nyu-pan i-sseo-yo

請問有中文菜單嗎?

若沒有「중국어 메뉴판 中文菜單」,可以詢問是否有英文菜單:「영어 메뉴판 있어요?」,或者詢問「그림 있는 메뉴판 있어요? 有圖片的菜單嗎?」。

11 이따가 주문할게요.

唸法 i-tta-ga ju-mun-hal-ge-yo

晚點再點餐。

服務員會問「뭐 드릴까요? 需要什麼嗎?」、「주문하시겠어요? 要點餐了嗎?」。我們可以有兩種簡單的回答「이따가 주문할게요. 稍候再點餐。」或者「주문할게요. 我要點餐了。」

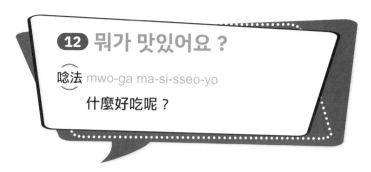

12 뭐가 맛있어요?

唸法 mwo-ga ma-si-sseo-yo

什麼好吃呢?

在菜單上看到「추천」兩個字,代表「推薦」的意思。如果菜單裡沒有「추천」,可以問服務員「뭐가 맛있어요?什麼好吃呢?」、「추천해 주세요.請幫我推薦一下。」

13 안 매운 걸로 추천해 주세요.

唸法 an mae-un geol-lo chu-cheon-hae ju-se-yo

請幫我推薦不辣的。

韓國人很愛吃辣,不過這個辣並不是讓我們嘴巴變麻麻的麻辣喔!而是鹹鹹辣辣的辣椒醬的辣。一般來說,韓國沒有調整辣度(小辣、中辣、大辣)的習慣,如果真的很怕辣的人可以試試看這一句「덜 맵게 해 주세요.辣要少一點。」

 은/는 걸로 추천해 주세요.(請推薦……)

❶ 양이 적은 걸로 추천해 주세요.請推薦份量少一點的食物。

❷ 양이 많은 걸로 추천해 주세요.請推薦份量多一點的食物。

❸ 나눠 먹을 수 있는 걸로 추천해 주세요 .
請推薦能分來吃的食物。

❹ 간단하게 먹을 수 있는 걸로 추천해 주세요 .
請推薦吃起來沒有負擔的食物 (簡餐)。

14 테이블 좀 닦아 주세요 .

唸法 te-i-beul jom da-kka ju-se-yo

請幫我擦拭桌面。

請求店員幫忙清理桌面時，可以使用以下三句：「테이블 좀 닦아 주세요 . 請幫我擦拭桌面。」「테이블 좀 치워 주세요 . 幫我清理一下桌面。」「테이블 좀 정리해 주세요 . 請幫我整理一下桌面。」

15 2 인분 주세요 .

唸法 i-in-bun ju-se-yo

我要兩人份。

「인분 人份」前面的數字要使用漢字音數字。韓國人的個性多半是急的，通常在只賣單一食物的店裡用餐，入座的同時會直接問「몇 인분 드릴까요 ? 要幾人份 ?」。

漢字音數字＋人份

- 일 인분 (一人份) • 이 인분 (二人份) • 삼 인분 (三人份)
- 사 인분 (四人份) • 오 인분 (五人份) • 육 인분 (六人份)
- 칠 인분 (七人份)
- 팔 인분 (八人份)
- 구 인분 (九人份)
- 십 인분 (十人份)

16 너무 많지 않을까요？

唸法 neo-mu man-chi a-neul-kka-yo

會不會太多呢？

　　擔心點太多吃不完的人，可以問服務員「뭐 뭐 주문했어요？目前點了哪些？」、「너무 많지 않을까요？會不會太多？」。

17 일단 이것만 주문할게요 .

唸法 il-dan i-geon-man ju-mun-hal-ge-yo

先點這樣就好。

點完餐後，服務員會問「더 필요한 건 없으세요？還有沒有需要其他的？」，如果沒有，就回覆「일단 이것만 주문할게요. 先點這樣就好。」即可。

18 샐러드바는 무료예요 ?

唸法 sael-leo-deu-ba-neun mu-ryo-ye-yo

沙拉吧是免費嗎？

「沙拉吧」的韓文為「샐러드바」。有些餐廳的沙拉吧需要使用沙拉吧專用碟子，這時候可以詢問「샐러드바 전용 접시는 어디에 있어요？沙拉吧專用碟子在哪裡？」。

19 주문 취소할게요 .

唸法 ju-mun chwi-so-hal-ge-yo

我要取消餐點。

取消餐點或訂位皆可使用「취소할게요 . 我要取消。」「주문 취소할게요 . 我要取消餐點。」、「김치찌개 취소할게요 . 我要取消泡菜鍋」、「예약 취소할게요 . 我要取消訂位。」

20 소주 1 병 주세요 .

唸法 so-ju han-byeong ju-se-yo

我要一瓶燒酒。

「병 瓶」的前面使用純韓文數字。點「소주 燒酒」時，服務員會問「어떤 걸로 드릴까요 ? 要哪一個牌子的燒酒 ?」，如果沒有要特定的牌子，就說「아무 거나 주세요 . 任何一個都可以。」

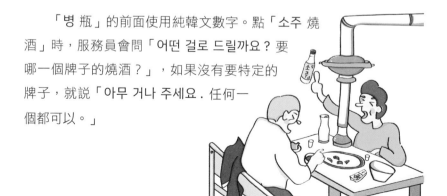

純韓文數字＋瓶

- 한 병（一瓶）　• 두 병（二瓶）　• 세 병（三瓶）
- 네 병（四瓶）　• 다섯 병（五瓶）　• 여섯 병（六瓶）
- 일곱 병（七瓶）　• 여덟 병（八瓶）　• 아홉 병（九瓶）
- 열 병（十瓶）

---

21 물수건 좀 주세요 .

唸法 mul-su-geon jom ju-se-yo

請給我濕毛巾。

在韓國的餐廳，除了「물티슈 濕紙巾」外，還會看到「물수건 濕毛巾」。有些濕毛巾是一次性的用品，有些是重複使用的。

22 앞접시 좀 가져다 주세요 .

唸法 ap-jeop-si jom ga-jyeo-da ju-se-yo
請幫我拿個碟子。

韓式料理中，尤其是鍋類需要分食，為了衛生，記得跟服務員説聲「앞접시 좀 가져다 주세요 . 請幫我拿個碟子。」

 單字

- 숟가락 湯匙 • 젓가락 筷子 • 국자 湯勺 • 포크 叉子
- 컵 杯子　　• 그릇 碗　　• 가위 剪刀 • 집게 夾子

23 반찬 좀 더 주세요 .

唸法 ban-chan jom deo ju-se-yo
我要續小菜。

在韓國吃飯時，會發現小菜種類多樣，而且又可以續，不需加錢喔！另外，我們在韓國的小菜名上常看到的「＿＿＿ 조림 滷 ＿＿＿」「＿＿＿ 무침 涼拌 ＿＿＿」「＿＿＿ 볶음 炒 ＿＿＿」也要記一下。

常見的小菜

- 김치 泡菜
- 무채 蘿蔔絲
- 진미채 魷魚乾
- 장조림 醬牛肉
- 멸치볶음 炒小魚乾

- 깍두기 方塊蘿蔔
- 콩나물 무침 涼拌豆芽
- 시금치 무침 涼拌菠菜
- 동치미 水蘿蔔泡菜
- 깻잎무침 涼拌芝麻葉

? 泡菜文化

　　除了「배추김치 大白菜泡菜」和「깍두기 蘿蔔泡菜」外，韓國還有很多種類的泡菜喔！例如：「갓김치 芥菜泡菜」、「고들빼기김치 苦菜泡菜」、「물김치 水泡菜」、「백김치 白泡菜」、「오이소박이 小黃瓜泡菜」等特色泡菜。適合醃製泡菜的溫度為 4 度左右 (大約 11 月底 ~12 月初，這時候稱為醃製泡菜季)，這時候在超市上會看到許多大白菜，而且一次會醃製大量的泡菜分給親朋好友一起享用。因南部的天氣比較熱，會加較多的魚蝦醬，所以和中部的泡菜相比口味重了些。

24 남은 음식 포장돼요 ?

唸法 na-meun eum-sik po-jang-dwae-yo

請問剩下的可以打包嗎？

韓國很少會打包剩菜，如果想打包，問問看「남은 음식 포장돼요 ? 請問剩下的可以打包嗎 ?」另外，「포장」本身可以當「外帶」的意思，如果想要外帶食物的人可以應用此句「포장돼요 ? 可以外帶嗎 ?」。

25 불판 좀 갈아 주세요 .

唸法 bul-pan jom ga-ra ju-se-yo

請幫我換烤盤。

韓國人在烤肉時，會把泡菜放在烤盤上加熱，這樣吃起來的味道會很香，但是把泡菜放在烤盤上炒後，食物就會容易烤焦了，所以要常常換烤盤。烤盤的韓文為「불판」，「불판 좀 갈아 주세요 . 請幫我換烤盤。」

在烤肉店用到的單字

- 마늘 蒜頭
- 깨 芝麻
- 고추 辣椒
- 파 青蔥
- 고춧가루 辣椒粉
- 상추 生菜
- 후추 黑胡椒
- 소금 鹽巴
- 참기름 芝麻油
- 깻잎 芝麻葉
- 쌈장 包飯醬 (沾肉使用)

---

26 불이 너무 약해요 .

唸法 bu-ri neo-mu ya-kae-yo

火太小了。

如果餐廳使用瓦斯爐，那麼會在瓦斯爐看到「약 弱」、「중 中」、「대 大」，意思為小火、中火、大火。

韓國人與烤肉文化

韓國人的聚餐裡少不了烤肉。說烤肉，少不了「삼겹살五花肉」，除了厚厚的「삼겹살」外，還有薄切的五花肉，韓文叫「대패삼겹살 薄五花肉」。「목살 梅花肉」、「등심 里肌肉」、「항정살 豬頸肉」都是常見的部位；烤肉時搭配的小菜有「파채蔥絲」，它帶有蔥的辣味又有醋的酸味和甜味；生菜為「깻잎芝麻葉」和「상추 萵苣」兩種最常見。

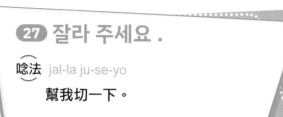

27 잘라 주세요 .

唸法 jal-la ju-se-yo

幫我切一下。

需要用到「가위 剪刀」的食物應該是冷麵和烤肉了。有些服務員會很貼心地問我們「잘라 드릴까요 ? 要幫您切／剪嗎 ?」，如果想要自己來，跟服務員說「가위 주세요 . 請給我剪刀。」

冷麵

現在來了解一下「냉면 冷麵」這道韓國料理吧！最普遍的冷麵種類為「물냉면 高湯冷麵 (水冷麵)」和「비빔냉면 拌冷麵」，「물냉면」加「식초 醋」、「겨자 黃芥末」，味道會更美味！吃完冷麵後身體會變涼，所以腸胃不舒服的人不適合吃冷麵。另外，最有名又普遍的冷麵就是咸興式冷麵，所以會在路上輕易看到招牌上寫「함흥냉면 咸興冷麵」的冷麵專賣店。

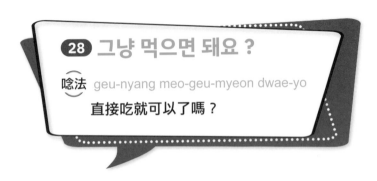

28 그냥 먹으면 돼요？

唸法 geu-nyang meo-geu-myeon dwae-yo

直接吃就可以了嗎？

　　有些食物要煮開後才能吃，那麼服務員會說「끓으면 드세요 . 滾了之後再吃。」；如果需要一點點烤熟或加熱就可以吃的話，服務員會說「살짝 익혀서 드세요 . 稍微煮熟 (烤熟) 後再吃。」

29 덜 익었어요 .

唸法 deol i-geo-sseo-yo

食物還沒熟。

　　相反句為「음식이 탔어요 . 食物焦掉了。」

30 음식에서 이상한 냄새가 나요 .

唸法 eum-si-ge-seo i-sang-han naem-sae-ga na-yo

食物裡有奇怪的味道。

反應食物狀態的時候，可以使用以下句子：

「음식에서 이상한 냄새가 나요 . 食物裡有奇怪的味道。」「(음식이) 상한 것 같아요 . (食物) 好像壞掉了。」「(음식이) 탔어요 . (食物) 焦掉了。」「안에 뭐가 들어갔어요 . 裡面有東西掉進去了。」

31 공깃밥 추가요 .

唸法 gong-git-bap chu-ga-yo

我要加點白飯。

除了「공깃밥 白飯」外，在菜單上會看到「사리」，「사리」是指附餐麵類或是附加的料 (起司等)，尤其是去吃部隊鍋記得要加「사리」喔！

 **사리種類**

- 당면 사리 冬粉 • 라면 사리 王子麵 • 우동 사리 烏龍麵
- 소면 사리 細麵 • 쫄면 사리 勁道麵 (有嚼勁的麵)

32 음식이 아직 안 나왔어요 .

唸法 eum-si-gi a-jik an na-wa-sseo-yo

食物還沒送上來。

「아직 안 나왔어요 .」指「還沒上」。講出具體的食物會更好，例如：
「김치찌개 아직 안 나왔어요 . 泡菜鍋還沒上。」

33 제가 시킨 거 아닌데요 .

唸法 je-ga si-kin geo a-nin-de-yo

這不是我點的。

類似的表達方式為：「이거 주문 안 했는데요 . 我沒有點這個。」

34 여기 계산이요 .

唸法 yeo-gi gye-sa-ni-yo

我要結帳。

結帳前想確認明細的話可以説「계산서 좀 가져다 주세요 . 幫我拿一下結帳明細單。」

35 영수증 주세요 .

唸法 yeong-su-jeung ju-se-yo

我要收據。

在前面有提到不給收據的事情，需要收據的人記得説「영수증 주세요 . 請給我收據。」結帳時，有些服務員會問「영수증 드릴까요？需要收據嗎？」，「要」就説「네 .」，「不需要」就説「아니오 .」即可。

36 거스름돈이 잘못됐어요 .

唸法 geo-seu-reum-do-ni jal-mot-dwae-sseo-yo

找錯錢了。

不管是多給或少給，這句很管用！「거스름돈」為「找的錢」的意思，「잘못됐어요 .」指「有錯誤。」

 服務人員可能會説……

❶ 예약하셨어요 ？ 請問有訂位嗎？

❷ 기다리셔야 돼요 . 要等。

❸ 몇 분이세요 ？ 請問幾位？

❹ 여기 앉으세요 . 請坐這裡。

❺ 아무 데나 앉으세요 . 請隨便坐。

❻ 물은 셀프입니다 . 水是自助。

❼ 2 인분 이상 주문 가능합니다 .
餐點要點 2 人份以上 (不能只點一人份)。

❽ 일행분이 다 오셔야 착석 가능합니다 .
人數到齊才能入座。

❾ 식사 이용 시간은 2 시간입니다 . 用餐時間為兩個小時。

❿ 맛있게 드세요 . 請慢用。

⓫ 맛있게 드셨어요 ？ 有吃飽嗎？

⓬ 음식 남기시면 환경부담금이 부과됩니다 .
浪費食物會收環境負擔金。

韓式料理名稱

- 김치찌개 泡菜鍋
- 된장찌개 大醬湯
- 순두부찌개 豆腐鍋
- 비빔밥 拌飯
- 냉면 冷麵
- 감자탕 馬鈴薯排骨湯
- 육개장 香辣牛肉湯

- 불고기 烤牛肉 (醃製過的牛肉)
- 갈비탕 排骨湯　• 삼계탕 參雞湯
- 부대찌개 部隊鍋　• 칼국수 刀削麵
- 잡채 雜菜 (螞蟻上樹)
- 찜닭 燉雞　　　• 닭갈비 辣炒雞
- 간장게장 醬蟹

韓國的特色食物

　　除了很多人已經知道的菜色外，韓國還有更多的特色食物，例如：蠶蛹、牛血湯、海鞘、河豚湯、泥鰍湯等，有機會可以嚐嚐看。吃素的朋友曾經問我「韓國人是不是不吃蔬菜？」，韓國人愛吃肉類是沒錯，但也喜歡吃蔬菜的，像是「고사리 蕨菜」、「두릅 木芽」、「냉이 薺菜」、「달래 野蒜」、「도라지 桔梗」、「더덕 羊乳」等，這些蔬菜在臺灣比較少見。

行程 DAY 3.

- 體驗搭捷運
- 傳統市場吃喝玩樂
- 市區免稅店
- 逛街買衣服
- 午餐（路邊小吃）
- 到汗蒸幕放輕鬆
- 酒吧

DAY 3 音檔雲端連結

因各家手機系統不同 ，若無法直接掃描，
仍可以至以下電腦雲端連結下載收聽。
（ https://tinyurl.com/2p82t6u5 ）

지하철 타기 搭捷運

　　首爾的捷運線又多又複雜，而且轉乘不那麼方便，有些站轉乘的距離走路要五分鐘。另外，搭首爾捷運時最重要的就是不能硬擠上車，下車時先準備好盡快下車，捷運駕駛員說「출입문 닫겠습니다. 門要關了。」下一秒直接關門會很危險的。

❶ 무인발권기가 어디에 있어요？

唸法 mu-in-bal-gwon-gi-ga eo-di-e i-sseo-yo

智能販賣機在哪裡？

閘門外有兩台不同的機器：「무인발권기 無人售票機」 和「보증금 환급기 退保證金」。韓國捷運站較少有「역무원 站務人員」在閘門旁，要購買票卡的旅客，請至「무인발권기 無人售票機」購買。

❷ 신촌에 어떻게 가요？

唸法 sin-cho-ne eo-tteo-ke ga-yo

要怎麼去新村？

韓國的捷運線雖然說方便，但是非常複雜，如果不清楚路線得使用「＿＿＿에 어떻게 가요？＿＿＿要怎麼去？」的句型請站務人員或路人幫忙。

❸ 몇 호선 타야 돼요 ?

唸法 myeot ho-seon ta-ya dwae-yo

我要搭幾號線？

　　韓國的捷運線雖然也是用不同顏色來標記，但是會用「＿＿ 호선 ＿＿ 號線」來說，這時候數字要使用漢字音數字。目前有 1 號線到 9 號線，除了這 9 條線之外，還有「공항철도 機場鐵路」、「경의중앙선 京義中央線」、「분당선 盆唐線」等捷運線。

❹ 어느 방향에서 타요 ?

唸法 eo-neu bang-hyang-e-seo ta-yo

要在哪個方向搭？

　　搭乘捷運時注意事項之一，刷卡進入閘門前要看好方向。有些捷運站閘門是分開的入口，說簡單一點，明明是同一條線，閘門會隨著捷運開往的方向而不同，所以裡面是沒有通的，進錯方向要刷卡出站才能到反方向去。

 單字

- 타는 곳 搭乘的地方　• 나가는 곳 出去的地方
- 갈아타는 곳 轉車的地方

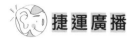 **捷運廣播**

❶ 이번역은 서울역 , 서울역입니다 .
前方到站是首爾站，首爾站。

❷ 내리실 문은 왼쪽 / 오른쪽입니다 . 下車門為左邊／右邊。

❸ ◎◎◎으로 갈아타실 고객께서는 이번역에서 내리시기
바랍니다 . 繼續前往○○○方向的旅客請在本站換車。

❹ 이 역은 전동차와 승강장 사이가 넓습니다 . 내리실 때
조심하시기 바랍니다 . 下車時請注意月台間隙。

---

⑤ 어디에서 갈아타요 ?

唸法 eo-di-e-seo ga-ra-ta-yo

我要在哪裡轉車 ?

不知道在哪一站轉車的時候問
「어디에서 갈아타요 ? 我要在哪裡轉
車 ? 」、「어디에서 환승해요 ? 我要在
哪裡轉車 ? 」在捷運車廂裡的跑馬燈
會看到「이번 역 這一站」、「내리실
문 下車門」或「내리는 문 下車門」，
所以不用擔心沒聽到站名。

6 갈아타는 곳이 어디예요 ?

唸法 ga-ra-ta-neun go-si eo-di-ye-yo

轉車的地方在哪裡 ?

當我們要轉車的時候會發現在韓國轉車很麻煩，有些地方轉車要走五分鐘左右的距離，在複雜又有兩條轉車線的地方還會在裡面迷路的。這時候跟著「갈아타는 곳 轉車的地方」的標誌走就不會有問題的。

7 일행을 놓쳤어요 .

唸法 il-haeng-eul no-chyeo-sseo-yo

我跟丟同行的人了。

遇到這種情況先去找站務人員後，說「일행을 놓쳤어요 . 我跟丟同行的人了。」或「일행을 못 찾겠어요 . 我找不到同行的人。」，如果對方有韓國手機號碼，順便問站務人員「전화 좀 빌려도 될까요 ? 可以借用一下電話嗎 ?」。

8 표를 잃어버렸어요 .

唸法 pyo-reul i-reo-beo-ryeo-sseo-yo

我把票弄丟了。

票卡不見時可以說「표를 잃어버렸어요 . 我把票弄丟了。」、「교통카드를 잃어버렸어요 . 把交通卡弄丟了。」站務人員會問：「어디에서 타고 오셨어요 ? 從哪裡搭過來的 ?」，這時候把站名說出來：「시청역에서 왔어요 . 在市政府站搭過來的。」

9 교통카드가 안 찍혀요 .

唸法 gyo-tong-ka-deu-ga an jji-kyeo-yo

交通卡沒辦法感應。

有時候交通卡會無法感應，「안 찍혀요 .」指沒辦法感應，這時候按一下閘門旁的「호출버튼 服務鈴」跟站務人員說明情況。

10 표를 잘못 샀어요 .

🔊 唸法 pyo-reul jal-mot sa-sseo-yo

我買錯票了。

購買一次性票卡的旅客因買錯票沒辦法出站，或者在自動售票機按錯按鈕買錯票的時候，一樣按「호출버튼服務鈴」即可。

11 화장실 좀 빌릴 수 있을까요 ?

🔊 唸法 hwa-jang-sil jom bil-lil su i-sseul-kka-yo

可以借一下洗手間嗎？

在廁所可能會看到的標誌牌：「수리중 修理 / 維修中」、「청소중清潔中 / 打掃中」。

 補充句子

❶ 이 근처에 화장실 있어요 ? 這附近有洗手間嗎？

❷ 화장실이 여기에서 멀어요 ? 洗手間離這裡遠嗎？

❸ 얼마나 가야 돼요 ? 要走多久？

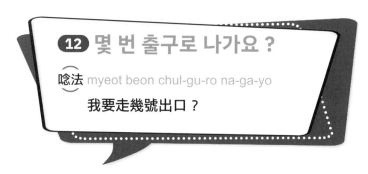

12 몇 번 출구로 나가요?

唸法 myeot beon chul-gu-ro na-ga-yo

我要走幾號出口？

　　把目的地加在句子的最前面：「시청에 가려면 몇 번 출구로 나가요？如果要去市政府，要走幾號出口？」。

13 엘리베이터가 있는 출구 있어요？

唸法 el-li-be-i-teo-ga in-neun chul-gu i-sseo-yo

有沒有電梯的出口？

　　韓國很多捷運出口不見得有電梯或手扶梯，如果行動不便或手上有行李的旅客可以詢問「엘리베이터가 있는 출구 있어요？有沒有電梯的出口？」，或者「에스컬레이터가 있는 출구 있어요？有沒有手扶梯的出口？」。

14 가방을 놓고 내렸어요.

唸法 ga-bang-eul no-ko nae-ryeo-sseo-yo

我把包包放在車廂了。

使用「＿＿＿(쯤)에 ＿＿＿ 에서 ＿＿＿ 을 / 를 놓고 내렸어요.（大約）＿＿＿ 點 在 ＿＿＿，把 ＿＿＿ 掉在車廂了。」句型，可提供更詳細的資訊。

15 유실물센터가 어디예요？

唸法 yu-sil-mul-sen-teo-ga eo-di-ye-yo

遺失物招領所在哪裡？

「遺失物招領所」的韓文有「유실물센터」和「분실물센터」，皆可使用。

16 유실물 찾으러 왔는데요 .

唸法 yu-sil-mul cha-jeu-reo wan-neun-de-yo

我來領取遺失物。

　　說完「유실물 찾으러 왔는데요 . 我來領取遺失物。」，站務員會問「잃어버리신 물건이 어떤거죠 ? 遺失的東西是什麼 ?」。我們來學幾個可能會掉在捷運裡的東西：「지갑 錢包」、「가방 包包」、「휴대폰 手機」、「캐리어 行李箱」、「우산 雨傘」。

전통시장 傳統市場

　　韓國有幾間有名的傳統市場，像是「남대문시장 南大門市場」、「광장시장 廣藏市場」、「통인시장 通仁市場」……此外，專賣特定物品的市場為「노량진 수산 시장 鷺梁津水產市場」、「제기동 한약재 시장 祭基洞中藥材市場」、「가락동 청과물 시장 可樂洞蔬果市場」、「금산 인삼 시장 錦山人蔘市場」……在韓國的傳統市場裡最普遍看到的傳統小吃或許是「해물파전 海鮮煎餅」、「녹두전 綠豆煎餅」等煎餅類。除了傳統小吃外，買東西時會看到「원산지：국내」，意指「原產地：國內」。那麼現在我們來學一下在傳統市場可能會使用到的句子吧！

❶ 이거 어떻게 팔아요 ?

唸法 i-geo eo-tteo-ke pa-ra-yo

這個怎麼賣 ?

如果是秤重，句子為「_____kg(킬로그램) 에 _____ 원이에요 . _____ 公斤 _____ 元。」，例如：「1kg(킬로그램) 에 15,000 원이에요 . ─ 公斤 15,000 元。」如果是以數量計算，句子為「_____ 개에 _____ 원 이에요 . _____ 個 _____ 元。」，例如：「1 개에 1,000 원이에요 . ─ 個 1,000 元。」

❷ 반만 살 수 있을까요 ?

唸法 ban-man sal su i-sseul-kka-yo

可以只買半份嗎 ?

份量太多只想買半份的時候使用，還可 以用「조금만 살 수 있을까요 ? 可以只買一點 嗎 ?」。

❸ 얼마인지 봐 주세요 .

唸法 eol-ma-in-ji bwa ju-se-yo

幫我算一下這樣多少錢。

需要秤重購買的東西，很難判斷到底我裝的是多少重量，這時候就是需要「얼마인지 봐 주세요 .」這句！

❹ 5,000 원어치만 주세요 .

唸法 o-cheo-nwo-neo-chi-man ju-se-yo

我只要買五千塊的份量。

「 _____ 원어치만 주세요 . 請給我 _____ 元的份量。」是在市場買東西時，很實用的句子。想要多少價位的份量，直接把價位套進來使用即可。在市場買辣炒年糕也好，血腸也好，買各種東西的時候都可以使用。

❺ **두 개로 나눠서 담아 주세요 .**

唸法 du gae-ro na-nwo-seo da-ma ju-se-yo

請幫我分兩袋裝。

「두 개」指「兩個」，數量可以自行修改。此
句的相反句為「하나로 담아 주세요 . 請幫我裝一袋。」
「담아 주세요 .」指「請幫我裝起來。」

❻ **싱싱한 걸로 골라 주세요 .**

唸法 sing-sing-han geol-lo gol-la ju-se-yo

請幫我挑新鮮的。

「골라 주세요 . 請幫我挑。」可以在挑選水果、蔬菜或海鮮的時候
使用。如果想自己挑，請把句子改成「제가 골라도 돼요 ? 可以讓我自
己挑嗎 ? 」「제가 고를게요 . 我來挑。」

❼ 사서 맛만 보려고요 .

唸法 sa-seo man-man bo-ryeo-go-yo

我只是想買來嚐個味道。

　　有時候買太少會讓人覺得不好意思，但是又只想嚐嚐味道不想買太多的時候，這句就派上用場了！

❽ 먹어 봐도 돼요 ？

唸法 meo-geo bwa-do dwae-yo

可以試吃嗎？

　　試吃的韓文單字為「시식」，但是大多數人使用「먹어 봐도 돼요 ？可以吃吃看嗎？」的句子來說。另外，試喝的韓文單字為「시음」，但是大多數人也是使用「마셔 봐도 돼요 ？可以喝喝看嗎？」

❾ 유효기간이 어떻게 돼요?

唸法 yu-hyo-gi-ga-ni eo-tteo-ke dwae-yo

有效日期到什麼時候？

更簡單的句子為「언제까지예요？到什麼時候？」。

另外，買東西時仔細看一下包裝上面是否有寫「제조」或「까지」，「제조」的意思為製造，例如：「2 月 15 일 제조」是代表「2 月 15 日製造」；「까지」的意思為到期，例如：「2 월 15 일까지」是代表這個食物的有效期限為 2 月 15 日。

 月份的表達

- 일월（一月）
- 이월（二月）
- 삼월（三月）
- 사월（四月）
- 오월（五月）
- 유월（六月）
- 칠월（七月）
- 팔월（八月）
- 구월（九月）
- 시월（十月）
- 십일월（十一月）
- 십이월（十二月）

10 어떻게 보관해요 ?

唸法 eo-tteo-ke bo-gwan-hae-yo

要怎麼保管？

基本上只要知道以下三種就沒問題了！「냉장 보관 冷藏保管」、「냉동 보관 冷凍保管」、「상온 보관 常溫保管」。

11 보냉백 하나 사고 싶은데요 .

唸法 bo-naeng-baek ha-na sa-go si-peun-de-yo

我想買保冷袋。

「保冷袋」的韓文為「보냉백」。「保冷劑」、「冰袋」的韓文為「아이스팩」。

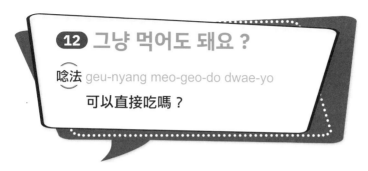

12 그냥 먹어도 돼요？

唸法 geu-nyang meo-geo-do dwae-yo

可以直接吃嗎？

或者問「씻어서 먹어야 돼요？要先洗嗎？」，這兩句的語調往下，就會變成回答的直述句了。

13 외국으로 가져갈 거예요 .

唸法 oe-gu-geu-ro ga-jyeo-gal geo-ye-yo

我要帶去國外。

在傳統市場購買的東西當中，很多是要帶著回國的，像是小菜、棉被等。若是這樣，使用此句告知老闆多包幾層外包裝。

14 진공 포장해 주세요 .

唸法 jin-gong po-jang-hae ju-se-yo

請幫我真空包裝。

　　真空包裝真的是很重要的事情！除了食物不會漏，還可以釋放更多的空間。不少旅客會到韓國的傳統市場購買棉被，若把棉被真空包裝後手提，能減少行李箱的重量。

15 한 겹 더 싸 주세요 .

唸法 han gyeop deo ssa ju-se-yo

請幫我再多包一層。

此句說的「한 겹 더 싸주세요 . 請幫我再多包一層。」也可以指使用保鮮膜，也可以指氣泡布，如果想要說得更明確，請把「랩 保鮮膜」「뽁뽁이 氣泡布」帶進來：「랩으로 한 겹 더 싸 주세요 . 請幫我用保鮮膜再多包一層。」「뽁뽁이로 한 겹 더 싸 주세요 . 請幫我用氣泡布再多包一層。」

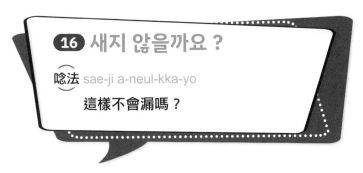

16 새지 않을까요 ?

唸法 sae-ji a-neul-kka-yo

這樣不會漏嗎？

可以使用「- 지 않을까요？不會＿＿＿嗎？」的句型詢問對方的意見：「냄새 나지 않을까요？這樣不會有味道嗎？」「상하지 않을까요？這樣不會壞掉嗎？」「깨지지 않을까요？這樣不會碎掉嗎？」。

17 떡 한 팩에 얼마예요 ?

唸法 tteok han pae-ge eol-ma-ye-yo

一份年糕多少？

市場裡少不了年糕店！韓國人愛吃年糕，它的種類不僅多，在不同節日會吃不同的年糕。到訪韓國，除了吃辣炒年糕外，一定要吃吃看各種韓式年糕。年糕的單位使用「팩」即可。

首先，過年吃的食物就是「떡국 年糕湯」，年糕湯使用的年糕是長長的條形糕，代表長命百歲；中秋節吃「송편 松糕 (用松樹葉蒸的年糕)」。韓國有這樣的說法，如果松糕包得漂亮會嫁好丈夫，而且會生漂亮的女兒；搬家或開店時分送「시루떡 豆沙蒸糕」給鄰居，自古以來韓國人相信紅豆的紅色能驅邪、阻擋厄運，所以在開心的節日會訂購豆沙蒸糕送給身邊人；週歲宴吃「백설기 白米蒸糕」。如果對韓國年糕文化有興趣的旅客，建議安排一天前往「떡박물관 年糕博物館」參觀，可以更進一步的了解年糕文化。

18 여러 가지 맛으로 주세요 .

唸法 yeo-reo ga-ji ma-seu-ro ju-se-yo

我要各種口味的。

其他的表達方式為「섞어서 주세요 . 我要綜合的。」，意思相同。

19 개별 포장된 거 있어요 ?

唸法 gae-byeol po-jang-doen geo i-sseo-yo

有沒有獨立包裝的？

不管是送禮物也好，論方便性也好，想要找大包裝裡有獨立包裝的產品時可以使用的句子。

20 낱개로 팔아요 ?

唸法 nat-gae-ro pa-ra-yo

你們有單賣嗎？

如果不想買大份量，只想要買單品，可以問「낱개로 팔아요 ?」。如果有單賣，就使用純韓文數字來完成句子即可，例如：「낱개로 2 개 주세요 . 我要兩個。」

21 이 과일 이름이 뭐예요 ?

唸法 i gwa-il i-reu-mi mwo-ye-yo

這是什麼水果 ?

「과일」指水果，在韓國除了「딸기 草莓」和「배 水梨」，還有哪些呢 ? 我們來學一些水果名稱吧 !

 在韓國常見的水果

- 딸기 草莓
- 사과 蘋果
- 배 水梨
- 복숭아 水蜜桃
- 산딸기 山草莓
- 포도 葡萄
- 자두 李子
- 복분자 覆盆莓
- 토마토 番茄
- 귤 橘子
- 참외 香瓜
- 무화과 無花果

在韓國必吃的水果 ?

曾經到訪過韓國的旅客，都說韓國的草莓又大又甜。那麼，草莓季是什麼時候呢 ? 除了草莓，還有沒有必吃的水果 ?

草莓季為 1 月 ~5 月；水梨季為 9 月 ~11 月；蘋果季為 10 月 ~12 月；橘子季為 9 月 ~12 月。

韓國濟州島有個長得很特別的柑橘類叫「한라봉 凸頂柑」，從 12 月到 3 月就是凸頂柑季，這段期間到訪濟州島的旅客可以嚐嚐味道。除此之外，韓國的「참외 香瓜」也是值得嘗試的水果，它的長相和其他國家的香瓜不一樣，外皮是黃色，還有白色條

紋，聞起來很香！香瓜季為 6 月到 8 月，香瓜價位不高，但是裡面的籽一定要挖出來喔！另外，8 月~11 月可以吃到生的「무화과 無花果」，因為無花果採下來後，過兩三天就會開始爛掉，所以無花果要盡快吃才會最新鮮。

22 껍질도 먹어도 돼요？

唸法 kkeop-jil-do meo-geo-do dwae-yo

連皮也可以吃嗎？

如果「可以」連皮一起吃，會回答「네 .」；如果「不可以」會回答「껍질은 벗기고 드세요 . 皮要剝掉。」「껍질은 깎고 드세요 . 皮要削掉。」

23 서비스로 하나만 주시면 안 돼요 ?

唸法 seo-bi-seu-ro ha-na-man ju-si-myeon an dwae-yo

可以免費送我一個嗎？

　　市場就是要來感受人情味的！買完東西後，若看到想要嚐個味道、試吃一口的食物，可以問老闆「서비스로 하나만 주시면 안 돼요 ?」，尤其是在水果店，通常會送價位不高的水果讓你帶回去嚐嚐味道的！

24 말랑한 걸로 주세요 .

唸法 mal-lang-han geol-lo ju-se-yo

我要軟一點的。

　　相反句為「딱딱한 걸로 주세요 . 我要硬的。」
　　柿子有分硬的和軟的。硬的柿子韓文叫「단감 甜柿子」；軟的柿子叫「홍시 紅柿／軟柿子」。有些人喜歡硬的「단감」，有些人喜歡軟軟的「홍시」，有機會可以嚐嚐看兩種不同口感的柿子。

25 장바구니 있어요 .

唸法 jang-ba-gu-ni i-sseo-yo

我有帶購物袋。

「장바구니」指
「購物籃、購物袋」，
使用「장바구니」應用
的句子：「장바구니에
넣어 주세요 . 請幫我放
在購物袋裡。」「장바
구니에 넣을 거예요 . 我
要放在購物袋裡。」

26 이거 딱 봐도 안 신선한데요 .

唸法 i-geo ttak bwa-do an sin-seon-han-de-yo

這一看就不新鮮！

如果老闆挑選的剛好是不新鮮的，可以用韓文反應「이거 딱 봐도
안 신선한데요 . 這一看就不新鮮。」，這樣老闆就不敢把不新鮮的挑給
客人了！

情境式對話

주인 (老闆) : 어서 오세요 . 歡迎光臨。

손님 (客人) : 안녕하세요 . 您好。
　　　　　　이 과일 이름이 뭐예요 ?
　　　　　　請問這是什麼水果？

주인 : 참외예요 . 是香瓜。

손님 : 어떻게 팔아요 ? 怎麼賣呢？

주인 : 한 바구니에 7,000 원이에요 .
　　　　一堆（籃）7,000 元。

손님 : 이거 낱개로 팔아요 ? 有賣單個嗎？

주인 : 아니요 . 沒有。

손님 : 그럼 한 바구니 주세요 .
　　　　那麼，我要一堆（籃）。
　　　　제가 골라도 돼요 ? 可以讓我自己挑嗎？

주인 : 네 . 好啊。

손님 : 이걸로 주세요 . 我要這個。

시내 면세점 市區免稅店

❶ 특산품 코너는 어디에 있어요?

唸法 teuk-san-pum ko-neo-neun eo-di-e i-sseo-yo

特產品區在哪裡?

「＿＿＿ 코너」指「＿＿＿ 區」,例如:「특산품 코너 特產品區」、「국내 화장품 코너 國內化妝品區」。在市區免稅店除了國內外化妝品,可以逛逛韓國特產品區,「홍삼 紅蔘」是一直以來很受歡迎的韓國特產品之一。

❷ 이 제품 있어요?

唸法 i je-pum i-sseo-yo

有這個產品嗎?

如果找特定產品,可以直接拿圖片或產品名稱詢問店員「이 제품 있어요? 有這個產品嗎?」。想找類似的產品的話,把句子稍微改成「비슷한 제품 있어요? 有類似的產品嗎?」。

❸ 가성비 좋은 걸로 추천해 주세요 .

唸法 ga-seong-bi jo-eun geol-lo chu-cheon-hae ju-se-yo

幫我推薦性價比高的。

「가성비」指「性價比」，在前面章節學過「請幫我推薦」的韓文「추천해 주세요 .」，在這裡又派上用場了！還可以把句子改成「인기 있는 걸로 추천해 주세요 . 請幫我推薦人氣商品。」

❹ 선물용은 어떤 게 있어요 ?

唸法 seon-mul-lyong-eun eo-tteon ge i-sseo-yo

有適合送禮用的商品嗎？

「送禮用」的韓文可以使用「선물용」或「선물 세트 禮盒」。通常店員會先問「예산이 어떻게 되세요 ? 您有預算嗎 ?」再推薦產品給顧客，回答的時候可以給大概的預算範圍：「＿＿＿ 원 정도 생각하고 있어요 . 我在想大約 ＿＿＿ 元左右。」

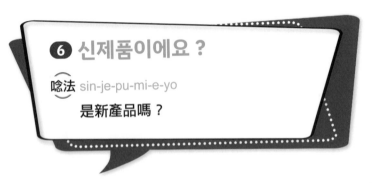

❺ 좀 싼 건 없어요 ?

唸法 jom ssan geon eop-sseo-yo

有比較便宜一點的嗎 ?

買東西時，有兩個單字是必備的單字！就是「최저가 最低價」和「특가 特價」，每家免稅店的販售價格、折扣率、活動皆不同，建議多逛後再決定。

❻ 신제품이에요 ?

唸法 sin-je-pu-mi-e-yo

是新產品嗎 ?

「신제품」指「新產品」。想詢問產品上市的時間點的時候：「언제 출시된 제품이에요 ? 這是什麼時候上市的產品 ?」。

⑦ 언제 재입고돼요?

唸法 eon-je jae-ip-go-dwae-yo

什麼時候會再補貨？

「재입고」指「再入庫」，也就是「補貨」的意思。首先要聽得懂店員的以下幾句：「(이 상품은) 다 팔렸어요.」、「(이 상품은) 다 떨어졌어요.」、「(이 상품은) 재고가 없어요.」，這三句都是指「(這商品) 賣完了、沒庫存」。

⑧ 한정판이에요?

唸法 han-jeong-pa-ni-e-yo

這是限量版嗎？

　　尤其是買化妝品的時候會看到「한정판 限量版」，除了我們問「한정판이에요? 這是限量版嗎?」，店員有可能會先告訴我們「(이 상품은) 한정판이에요. (這產品) 是限量版。」，疑問句和直述句的句子相同，只差在語調而已喔！疑問句的語調要往上，直述句的語調要往下。

❾ 최대 몇 개 구매 가능해요？

唸法 choe-dae myeot gae gu-mae ga-neung-hae-yo

最多可以購買幾個？

需要詢問此句的情況有兩種：第一種是某些特定品牌的商品有限制每人購買數量；第二種是菸或酒類的限制。關於「최대 몇 개 구매 가능해요？最多可以購買幾個？」可能的回答為「최대 10 개 구매 가능해요. 最多可以購買 10 個。」如果沒有限制購買數量的時候會回答「구매 제한 없어요. 沒有限制購買數量。」

我們來多學幾個單字與量詞吧！「담배 菸」的量詞「갑 盒」、「개비 根」；「주류 酒類」、「술 酒」的量詞「병 瓶」、「리터 公升」。

❿ 물건 가져갈 수 있어요？

唸法 mul-geon ga-jyeo-gal su i-sseo-yo

購買的商品可以直接帶走嗎？

在市區免稅店購買韓國國內產品，可直接帶走。不確定購買的商品是否可直接帶走的時候，使用這句詢問即可。

> **11** 대만 달러로 환산하면 얼마
> 예요 ?
>
> **唸法** dae-man dal-leo-ro hwan-san-ha-
> myeon eol-ma-ye-yo
> **用臺幣換算是多少 ?**

「대만 달러」指「臺幣」。免稅店都用美金標價，想要把美金換算成臺幣或韓幣等幣別的時候，請套用「＿＿＿ 로 환산하면 얼마예요 ? 用 ＿＿＿ 換算是多少 ?」的句子詢問。

> **12** 이거 원 플러스 원이에요 ?
>
> **唸法** i-geo won peul-leo-seu wo-ni-e-yo
> **這是買一送一嗎 ?**

如果是買一送一，一定會標記成「1+1」，但是它的韓文唸法是什麼呢 ? 就是直接把它唸成英文的「one plus one(원 플러스 원)」即可，這就是韓文的買一送一！

13 공항 면세점에도 이 제품 있어요 ?

🔊唸法 gong-hang myeon-se-jeo-me-do i je-pum i-sseo-yo

機場免稅店也有這產品嗎 ？

　　市區免稅店和機場免稅店賣的東西和品牌不見得完全一樣，很多旅客以為市區免稅店的東西在機場免稅店也有販售，但是某些產品與牌子不一定會在機場免稅店。這時候使用這一句「공항 면세점에도 이 브랜드 있어요 ？機場免稅店也有這個牌子嗎 ？」詢問，也可以把「브랜드 牌子、品牌」換成「제품 產品」應用。

14 비행기 편명은 정확하지 않아요 .

🔊唸法 bi-haeng-gi pyeon-myeong-eun jeong-hwa-ka-ji a-na-yo

我的班機不是很確定。

　　在市區免稅店購買商品時要輸入「비행기 편명 班機」，只要知道搭乘的航空公司和日期、時間，免稅店會幫我們查詢班機名。

15 다른 지점에는 재고 있어요?

唸法 da-reun ji-jeo-me-neun jae-go i-sseo-yo

其他分店有庫存嗎？

如果沒有庫存，除了在前面學過的「언제 재입고돼요？什麼時候補貨？」外，還可以問「다른 지점에는 재고 있어요？其他分店有庫存嗎？」。

16 상품 교환권이 잘못됐어요.

唸法 sang-pum gyo-hwan-gwo-ni jal-mot-dwae-sseo-yo

商品兌換券資料有錯誤。

　　「상품 교환권」指的是購買免稅商品後到機場時提交的兌換券，「상품 교환권」裡會有英文名、護照號碼、國籍等資訊。「상품 교환권」的資料有錯誤就沒辦法提貨，所以要確認好兌換券裡輸入的資料。此句中的「잘못됐어요. 有錯誤。」可以應用為「정보가 잘못됐어요. 資料有錯誤。」

17 공항 면세품 인도장이 어디
예요 ?

唸法 gong-hang myeon-se-pum in-do-jang-i
eo-di-ye-yo

機場的免稅品取領處在那裡？

　　如果從仁川國際機場出發的旅客一定要注意，仁川國際機場的「면세품 인도장 免稅品取領取處」有好幾個地方，它是按照搭乘航班去安排的，所以務必要確認自己購買的免稅品取領處在哪裡。

18 구매한 면세품을 환불하고
싶어요 .

唸法 gu-mae-han myeon-se-pu-meul hwan-
bul-ha-go si-peo-yo

我想退掉購買的免稅商品。

　　透過網路免稅店訂購商品的旅客也是可以使用這一句的。另外，「환불 退款」和「반품 退貨」兩個單字皆可使用。若想確認購買的商品是否可以退貨，請使用：「환불 돼요？可以退貨嗎？」。

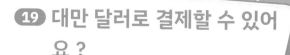

19 대만 달러로 결제할 수 있어요?

唸法 dae-man dal-leo ro gyeol-je-hal su i-sseo yo

可以用臺幣結帳嗎?

　　刷海外信用卡的時候可以選擇「韓幣」和「發行國家的幣別」,不管要選擇「韓幣」還是「發行國家的幣別」,使用這句即可!「결제하다」為「結帳」的意思,改成疑問句:「결제할 수 있어요? 可以結帳嗎?」如果想要更簡短的句子,可以改成「결제 돼요? 可以結帳嗎?」,兩句意思相同。另外,如果想要直接說「我要使用臺幣結帳」則使用「대만 달러로 결제할게요.」。

20 비행기 탑승 시간 때문에 면세품을 못 찾았어요 .

唸法 bi-haeng-gi tap-seung si-gan ttae-mu-ne myeon-se-pu-meul mot cha-ja-sseo-yo

因為飛機搭乘時間沒有領到免稅商品。

　　尤其是在過節慶時，因機場人潮多，必須花費不少時間檢查行李過海關，沒抓好時間就有可能會遇到「沒有時間領取免稅商品」的情況，這時候需要與客服聯繫處理。許多韓國人會以「비행기 탑승 시간 때문에 因飛機搭乘時間」為開頭辦理退貨，這裡的「때문에」指「因為」，前面可以搭配其他理由使用。

何謂休假季？

　　有聽過「휴가철 休假季」嗎？ 一般來說，在韓國即便有休假制度，也很難請假安排旅遊，通常韓國上班族是在逼不得已的情況下才會請假。所謂的「休假季」並非指特定的某月，但在學生放暑假的 7 月到 8 月間稱為「여름 휴가철 夏天休假季」，這時候會看到很多韓國人請假出遊，而且機場都是滿滿的人潮。這期間，旅客要抓好充分的時間前往機場，以免遇到突發狀況錯過班機喔！

쇼핑하기 買衣服

　　說起在韓國買衣服，大多數人想到的是東大門，東大門雖然款式多樣又有很多時尚的款式，但是東大門主要是做批發，所以大多數的東大門服飾店是不歡迎零售的。如果逛完東大門想要繼續逛衣服的遊客，我推薦「고속버스터미널역 客運總站 (捷運 3 號線)」，這裡是首爾當地人購買衣服會去的地方，在這裡其實不太需要殺價，因為價位已經很合理、平價，只是要注意營業時間，「고속버스터미널역 客運總站」很早打烊喔！

① 여성복은 몇 층에 있어요 ?

唸法 yeo-seong-bo-geun myeot cheung-e i-sseo-yo

女裝在幾樓？

「층」是「樓層」的意思，前面使用漢字音數字。

 單字

- 여성복 女裝
- 남성복 男裝
- 아동복 童裝
- 스포츠 웨어 運動類
- 캐주얼 웨어 休閒服

 樓層的表達

- 일 층 (一樓) • 이 층 (二樓)
- 삼 층 (三樓) • 사 층 (四樓)
- 오 층 (五樓) • 육 층 (六樓)
- 칠 층 (七樓) • 팔 층 (八樓)
- 구 층 (九樓) • 십 층 (十樓)

② 현금인출기는 어디에 있어요 ?

唸法 hyeon-geu-min-chul-gi-neun eo-di-e i sseo-yo

提款機在哪裡？

提款機的韓文為「현금인출기」，使用英文的「ATM」當然也可以，但大多數人還是習慣使用「현금인출기」。

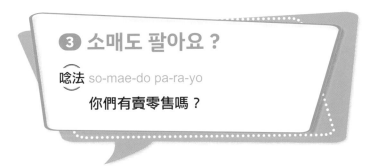

③ 소매도 팔아요 ?

唸法 so-mae-do pa-ra-yo

你們有賣零售嗎？

若是零售購物，那麼先看看服飾店外是否有寫「소매 零售」或「도매 批發」。如果沒有特別寫，可以問問看「소매도 팔아요？」，只做批發的話，店家會回覆我們「도매만 해요 . 我們只做批發的。」

④ 카드 돼요?

唸法 ka-deu dwae-yo

這裡可以刷卡嗎?

在韓國刷卡很方便,只是很多服飾店只收現金,若該服飾店只收現金,那麼會回我們「현금만 받아요. 只收現金。」除了直接問店員外,可以看看門口有沒有貼「카드 결제 가능 可刷卡」或「현금 결제 現金結帳/只收現金」。

⑤ 현금으로 하면 더 싸요?

唸法 hyeon-geu-meu-ro ha-myeon deo ssa-yo

付現會比較便宜嗎?

到了一些服飾店會發現付現金與刷卡時的售價不同,如果店員說「이거 현금가예요. 這是現金價。」代表其金額是付現金時的價格。

6 싸게 주세요 .

唸法 ssa-ge ju-se-yo

算我便宜一點。

　　不管在傳統市場也好，逛街也好，這句是一定要學起來的！殺價時有兩種常用的句子，一個是「깎아 주세요 .」，另一個是「싸게 주세요 .」。很常聽到韓國人用「언니 姊姊」或「이모 阿姨」稱呼老闆娘和店員，這是表達親密感的一種方法，比起「아줌마 大嬸」好聽多了！

7 코트 좀 보려고 하는데요 .

唸法 ko-teu jom bo-ryeo-go ha-neun-de-yo

我想看大衣。

　　「_____ 좀 보려고 하는데요 . 我想看 _____。」這句很實用，把想要看的衣服類型帶進來就可以了！

上衣

- 티셔츠 短袖 　• 긴팔 長袖 • 나시 無袖 • 와이셔츠 襯衫
- 후드티 帽T 　• 조끼 背心 • 정장 套裝 • 양복 西裝
- 카디건 針織衫 • 외투 外套 • 스웨터 毛衣
- 바람막이 防風外套 　　• 수영복 泳裝
- 잠옷 睡衣

下衣

- 바지 褲子 　• 청바지 牛仔褲 • 스키니진 窄腳褲
- 치마 裙子 • 원피스 連身裙 • 레깅스 內搭褲

鞋子

- 양말 襪子 • 구두 皮鞋 　• 하이힐 高跟鞋
- 샌들 涼鞋 • 슬리퍼 拖鞋 　• 쪼리 夾腳拖
- 부츠 靴子

8 어울리는 스타일로 추천해 주세요 .

唸法 eo-ul-li-neun seu-ta-il-lo chu-cheon-hae ju-se-yo

請幫我推薦適合我的款式。

「 추천해 주세요 . 請幫我推薦 ＿＿＿＿＿＿＿＿＿ 。 」是很實用的句型，不管在餐廳或服飾店、化妝品店皆可使用。

 補充句子

❶ 코트 추천해 주세요 . 請幫我推薦大衣。

❷ 외투 추천해 주세요 . 請幫我推薦外套。

❸ 와이셔츠 추천해 주세요 . 請幫我推薦襯衫。

❹ 따뜻한 걸로 추천해 주세요 . 請幫我推薦溫暖的。

❺ 귀여운 걸로 추천해 주세요 . 請幫我推薦可愛的。

⑨ 색상은 어떤 게 있어요 ?

唸法 saek-sang-eun eo-tteon ge i-sseo-yo

請問有哪些顏色 ？

顏色有兩種說法，一種是韓語的固有語，另外一種是外來語，服飾或彩妝方面大多數人是用外來語說。

	固有語	外來語		固有語	外來語
紅色	빨간색	레드	黃色	노란색	옐로우
粉紅色	분홍색	핑크	橘色	주황색	오렌지색
黑色	까만색 검은색	블랙	銀色	은색	실버
白色	흰색 하얀색	화이트	金色	금색	골드
咖啡色	갈색	브라운	綠色	초록색	그린
藍色	파란색	블루	紫色	보라색	퍼플

10 다른 색상도 있어요？

唸法 da-reun saek-sang-do i-sseo-yo

有其他顏色嗎？

如果沒有其他顏色，店員會回覆「이거밖에 없어요 . 只有這個 (顏色)。」

 補充句子

❶ 다른 색상도 보여 주세요 . 請給我看其他的顏色。

❷ 밝은 색상으로 보여 주세요 . 請給我看明亮的顏色。

❸ 어두운 색상으로 보여 주세요 . 請給我看深色。

❹ 이 색상밖에 없어요？ 只有這個顏色嗎？

11 사이즈 안 맞아요 .

唸法 sa-i-jeu an ma-ja-yo

尺寸不合。

「사이즈」指「尺寸」，「안 맞아요 .」是指「不合」，相反句為「딱 맞아요 . 剛好、合適。」 我們再來看以下補充的句子吧！

「너무 非常」和「좀 有一點」補充句子

❶ 너무 커요. 太大了。

❷ 너무 작아요. 太小了。

❸ 좀 커요. 有點大。

❹ 좀 작아요. 有點小。

❺ 너무 짧아요. 太短了。

❻ 너무 길어요. 太長了。

❼ 좀 짧아요. 有點短。

❽ 좀 길어요. 有點長。

衣服的尺寸

基本上，韓國是使用 cm 來標示尺寸。上衣會以胸圍大小為基準來做尺寸的分類，請看以下表格做為參考：

女裝尺寸

韓國	國際	美國	歐洲
44(胸圍 85cm)	XS	2	34
55(胸圍 90cm)	S	4	36
66(胸圍 95cm)	M	6	38
77(胸圍 100m)	L	8	40
88(胸圍 105cm)	XL	10	42

男裝尺寸

韓國	國際	美國	歐洲
85(胸圍 85cm)	XS	85-90	44-46
90(胸圍 90cm)	S	90-95	46
95(胸圍 95cm)	M	95-100	48
100(胸圍 100m)	L	100-105	50
105(胸圍 105cm)	XL	105-110	52
110(胸圍 110cm)	XXL	110+	54

12 한 사이즈 작은 걸로 주세요.

唸法 han sa-i-jeu ja-geun geol-lo ju-se-yo

請給我小一個尺寸的。

　　「한 사이즈」是「一個尺寸」，使用了「純韓文數字＋사이즈 尺寸」的用法。如果要說「兩個尺寸」，把「한」改成「두」即可：「두 사이즈 작은 걸로 주세요. 請給我小兩個尺寸的。」

 補充句子

❶ 한 사이즈 큰 걸로 주세요. 請給我大一個尺寸的。

❷ 이 사이즈밖에 없어요? 只有這一個尺寸嗎？

13 세탁은 어떻게 해요 ?

唸法 se-ta-geun eo-tteo-ke hae-yo

這個要怎麼洗？

「세탁」是「洗衣服」的意思。我們來學關於洗衣服的幾個重要詞彙吧！「물세탁 水洗」、「손세탁 手洗」、「드라이 클리닝 乾洗」。如果想要問「可以水洗嗎？」，「물세탁 水洗」後面只要多加「돼요 ? 可以嗎 ?」即可。

 **補充句子**

句型 : _____ 하세요 . 請 _____ 。

　　　 _____ 하지 마세요 . 請不要 _____ 。

❶ 물세탁하세요 . 請水洗。

❷ 손세탁하세요 . 請手洗。

❸ 드라이 클리닝하세요 . 請乾洗。

❹ 물세탁하지 마세요 . 請不要水洗。

❺ 손세탁하지 마세요 . 請不要手洗。

❻ 드라이 클리닝하지 마세요 . 請不要乾洗。

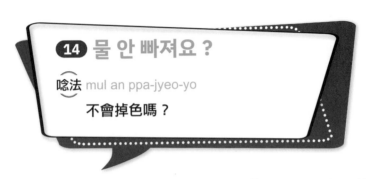

14 물 안 빠져요 ?

唸法 mul an ppa-jyeo-yo

不會掉色嗎？

有些掉色的彩色衣物，店員會告訴客人「따로 세탁하세요 . 請和其他衣物分開洗。」如果沒有特別提到，我們可以先問「물 안 빠져요？不會掉色嗎？」。

15 신어 봐도 돼요 ?

唸法 si-neo bwa-do dwae-yo

我可以試穿嗎？

　　韓文的「穿」分「『穿』衣服」和「『穿』鞋子」。這句說的「試穿」只能是鞋子類，如果是試穿衣服，得說「입어 봐도 돼요 ? 我可以試穿嗎 ? 」另外，有一點要提醒，韓國是用 mm 為單位，購買鞋子時要注意自己的尺寸喔！

16 신발끈 따로 살 수 있어요 ?

唸法 sin-bal-kkeun tta-ro sal su i-sseo-yo

可以另外買鞋帶嗎 ？

想要單獨購買某樣東西的時候，使用「따로 살 수 있어요 ？可以另外購買嗎 ？」。

補充句子

❶ 이것만 따로 살 수 있어요 ？ 可以單獨買這個嗎 ？

❷ 단추만 따로 살 수 있어요 ？ 可以單獨買鈕扣嗎 ？

❸ 이것만 따로 사고 싶어요 . 我只想單獨買這個。

17 만져 봐도 돼요 ？

唸法 man-jyeo bwa-do dwae-yo

可以摸摸看嗎 ？

如果店家回「눈으로만 봐 주세요 . 請用眼睛看。」，那就是不能摸的意思了。

另外，想要比比看衣服或飾品的時候可以問「대 봐도 돼요 ？ 我可以比比看嗎 ？」。

18 전신 거울 있어요?

唸法 jeon-sin geo-ul i-sseo-yo

有全身鏡嗎?

「거울」指「鏡子」,可以直接問「거울 있어요?有鏡子嗎?」。如果要詢問「鏡子在哪裡?」,搭配「어디에 있어요?」的句型:「전신 거울 어디에 있어요?全身鏡在哪裡?」「거울 어디에 있어요?鏡子在哪裡?」。

19 재질이 뭐예요?

唸法 jae-ji-ri mwo-ye-yo

是什麼材質？

　　我們來學一下簡單的幾樣「재질 材質」吧！「캐시미어 羊絨」、「면 棉」、「나일론 尼龍」、「울 羊毛」、「실크 絲綢」。

20 생각해 볼게요.

唸法 saeng-ga-kae bol-ge-yo

我再想想看。

　　決定不買或需要時間考慮的時候可以說「생각해 볼게요. 我再想想看。」

21 환불해 주세요 .

唸法 hwan-bul-hae ju-se-yo

我要退貨。

「환불」指「退貨」，買東西的時候需要仔細看商店裡有沒有貼「환불 불가 不可退貨」這四個字喔！

補充句子

❶ 교환해 주세요 . 請幫我換貨。

❷ 다른 색상으로 교환해 주세요 .
請幫我換其他顏色。

❸ 다른 사이즈로 교환해 주세요 .
請幫我換其他尺寸。

❹ 새 걸로 교환해 주세요 . 請幫我換新的。

❺ 영수증 안 가지고 왔어요 . 我沒有帶收據。

❻ 영수증 버렸어요 . 我丟掉收據了。

22 옷에 하자가 있어요 .

唸法 o-se ha-ja-ga i-sseo-yo

衣服有瑕疵。

「하자」指「瑕疵」。除了表達有瑕疵外，還可以說更具體一點，
請看以下補充：

補充句子

❶ 옷이 찢어졌어요 . 衣服破了。

❷ 옷에 뭐 묻었어요 . 衣服上有汙漬。

❸ 지퍼가 고장났어요 . 拉鍊壞了。

❹ 단추가 떨어졌어요 . 鈕扣掉了。

❺ 소매에 얼룩이 있어요 . 袖子上有污漬。

情境式對話

점원 (店員) : 뭐 찾으시는 거 있으세요 ? 請問在找什麼嗎 ?

손님 (顧客) : 티셔츠 좀 보려고 하는데요 . 我想看短袖。

점원 : 이거 어떠세요 ? 這件如何 ?

손님 : 다른 색상도 있어요 ? 有其他顏色嗎 ?

점원 : 이거밖에 없는데요 . 只有這個。

손님 : 그럼 55 사이즈 입어 봐도 돼요 ?
　　　那我可以試穿 55 尺寸 (S) 嗎 ?

손님 : 이걸로 주세요 . 我要這個。

점원 : 계산은 어떻게 도와드릴까요 ? 要怎麼付款呢 ?

손님 : 카드로 할게요 . 我要刷卡。

점원 : 네 . 알겠습니다 . 好，了解。

분식 / 길거리 음식
路邊小吃

韓國人所謂的「분식 小吃」，一般指「떡볶이 炒年糕」、「순대血腸」、「어묵 魚板」等東西。雖然韓國有很多辣炒年糕專賣連鎖店，不過我們也可以在路邊上輕易地看到賣辣炒年糕的「포장마차 布帳馬車」，晚上看到的布帳馬車多半是喝燒酒談心的地方。除了辣炒年糕外，韓國還有很多路邊小吃，我們來一一探索吧！

❶ 순한 맛으로 주세요 .

唸法 sun-han ma-seu-ro ju-se-yo

我要不辣的口味。

　　簡單分類的話有「순한 맛 不辣的口味」和「매운 맛 辣味」。不少人以為「떡볶이 炒年糕」一定會是用辣椒醬去做的，其實，除了用辣椒醬煮出來的炒年糕外，還有「궁중떡볶이 宮廷炒年糕」和「짜장떡볶이 炸醬炒年糕」；「궁중떡볶이」是用醬油去做的，不敢吃辣的人可以嘗試這些口味的炒年糕。另外，炒年糕的年糕大致上分兩種，「쌀떡볶이」和「밀가루떡볶이」，「쌀떡볶이」是用米做的，「밀가루떡볶이」是麵粉做的，所以就算「쌀떡볶이」和「밀가루떡볶이」價位相同，給的量卻不同。

 辣炒年糕店基本菜色

- 떡볶이 炒年糕
- 순대 血腸
- 어묵 魚板
- 튀김 炸物
- 미니 김밥 迷你紫菜飯捲

❷ 어묵 한 꼬치에 얼마예요 ?

唸法 eo-muk han kko-chi-e eol-ma-ye-yo

一串魚板多少錢 ?

「포장마차 布帳馬車」的魚板都是一串一串的賣，「串」的韓文為「꼬치」。每家店賣的價位大同小異。通常會直接從高湯裡拿出來吃，吃完後結帳時告訴老闆一共吃了幾串。

❸ 어묵 국물 좀 마셔도 돼요 ?

唸法 eo-muk gung-mul jom ma-syeo-do dwae-yo

我可以喝點 (魚板) 湯嗎 ?

除了「어묵 국물 魚板湯」這一個說法外，有些人會說「육수 高湯」。就算沒有點魚板，還是可以喝湯的。在「포장마차 布帳馬車」，湯通常是用紙杯裝，「紙杯」的韓文為「종이컵」。

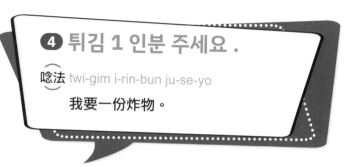

4 튀김 1 인분 주세요 .

唸法 twi-gim i-rin-bun ju-se-yo

我要一份炸物。

任何一個炸物都叫「튀김」，常見的炸物種類為「김말이 紫菜包冬粉的炸物」、「고구마 튀김 炸地瓜」、「깻잎 튀김 炸芝麻葉」、「오징어 튀김 炸魷魚」、「야채 튀김 炸蔬菜」。點辣炒年糕的時候若有同時點炸物，店家會問「떡볶이에 넣어 드릴까요 ? 炸物要放到辣炒年糕裡嗎 ?」，如果要放入辣炒年糕裡的話，請回答「네 .」，不要的人請回答「아니요 .」。

5 떡볶이 소스 조금만 주세요 .

唸法 tteok-bo-kki so-seu jo-geum-man ju-se-yo

請給我一點辣炒年糕的醬。

要辣炒年糕醬的用意在於沾各種炸物。如果沒有點辣炒年糕的人，或是已經有點，但是覺得醬不夠的人可以說「떡볶이 소스 조금만 주세요 .」。

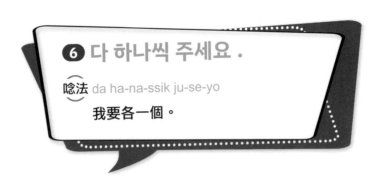

❻ 다 하나씩 주세요.

唸法 da ha-na-ssik ju-se-yo

我要各一個。

賣辣炒年糕的「분식집 小吃店」菜色不多，想要嘗試所有菜單上的食物，或者是想要各一個炸物種類時，可以直接說「다 하나씩 주세요. 我要各一個。」

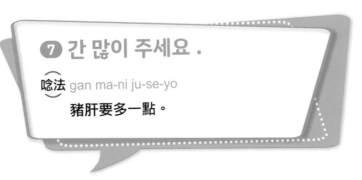

❼ 간 많이 주세요.

唸法 gan ma-ni ju-se-yo

豬肝要多一點。

點血腸時，很少人會另外點豬肝。一般來說，點血腸時會一起給豬肝，不過給的量不多就是了，想多吃豬肝的人要特別說「간 많이 주세요.」。除了豬肝，其他部位的韓文：「염통 豬心」、「허파 豬肺」，有些市場專門賣特殊部位，如果喜歡吃特豬部位，仔細看菜單上有沒有寫「특수부위 特殊部位」。

依照地區而不同的血腸沾醬

血腸是韓國小吃的代表，它會隨著地區，有不同的沾醬。首爾及京畿道一帶會沾調味過的소금 (鹽巴)；慶尚道地區沾막장 (蒜、辣椒、味噌以及芝麻油調味)；江原道及忠慶道搭配새우젓 (蝦醬)；全羅道搭配초장 (辣椒醬加醋)。不管搭配哪個醬料，都很不錯，會有不同的味道！

❽ 간만 포장해 주세요 .

唸法 gan-man po-jang-hae ju-se-yo

我只想外帶豬肝。

如果要內用的人，直接說「간만 주세요 . 我只要豬肝。」這裡的「만」指「只要」。

❾ 내장은 됐어요 .

唸法 nae-jang-eun dwae-sseo-yo

我不要內臟。

不喜歡內臟的人點血腸時直接說「내장은 됐어요 . 我不要內臟。」如果想要特定的部位，可以使用「 _____ 만 주세요 . 我只要 ____ 。」例如：「염통만 주세요 . 我只要豬心。」

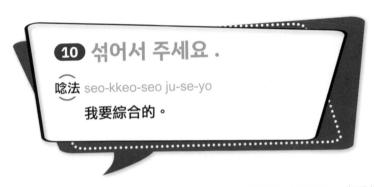

10 섞어서 주세요.

唸法 seo-kkeo-seo ju-se-yo

我要綜合的。

如果什麼都吃，想要綜合的人，可以說「섞어서 주세요 . 我要綜合的。」

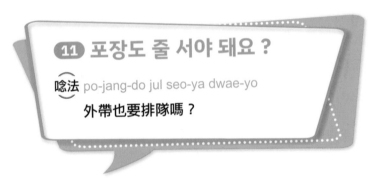

11 포장도 줄 서야 돼요?

唸法 po-jang-do jul seo-ya dwae-yo

外帶也要排隊嗎？

有些店就算是外帶也要和內用的客人一起排隊。不確定到底是不是需要一起排隊，可以詢問「포장도 줄 서야 돼요?外帶也要排隊嗎？」。

12 제가 주문한 거 아닌데요.

唸法 je-ga ju-mun-han geo a-nin-de-yo

這不是我點的。

　　除了直接説「제가 주문한 거 아닌데요 . 這不是我點的。」外，不清楚這道菜是我點的還是送錯，可以使用「이게 뭐예요 ? 這是什麼 ? 」、「제가 주문했어요 ? 是我點的嗎 ? 」這兩句。

 各種小吃名稱

- 호떡　糖霜餅
- 떡꼬치　炸年糕串
- 계란빵　韓式雞蛋糕
- 핫도그　熱狗
- 국화빵　紅豆沙糕
- 군밤　炒栗子
- 호두과자　核桃糕
- 군고구마　烤地瓜

- 왕만두　包子
- 꽈배기　麻花捲
- 델리만쥬　栗子燒

- 와플　鬆餅
- 닭꼬치　炸雞串
- 붕어빵　鯛魚燒

13 오리지널로 주세요 .

唸法 o-ri-ji-neol-lo ju-se-yo

我要原味的。

「오리지널」為「original」的外來語。糖霜餅、鬆餅等路邊小吃口味多種。要吃原味的，就說「오리지널로 주세요 . 我要原味的。」在韓國常見的比利時鬆餅通常是加蘋果果醬和鮮奶油的，常見於捷運地下街。

14 녹차맛으로 주세요 .

唸法 nok-cha-ma-seu-ro ju-se-yo

我要抹茶口味的。

「口味」的韓文為「＿＿맛」：「초콜릿맛 巧克力口味」、「딸기맛 草莓口味」、「커피맛 咖啡口味」、「슈크림맛 鮮奶油口味」等等。

15 호두과자 한 봉지 주세요 .

唸法 ho-du-gwa-ja han bong-ji ju-se-yo

我要一包核桃糕。

核桃糕是在韓國高速公路休息站一定會賣的點心，是韓國的傳統小吃，因為它都是一袋一袋的賣，所以單位為「봉지 包、袋」。「국화빵 紅豆沙糕」、「델리만쥬 栗子燒」、「군밤 炒栗子」皆用「봉지」為單位。

16 한 봉지에 몇 개예요 ?

唸法 han bong-ji-e myeot gae-ye-yo

一包裡有幾個？

「봉지 包、袋」是量詞，因此要使用純韓文數字。

純韓文數字＋包（袋）

- 한 봉지（一包）
- 두 봉지（兩包）
- 세 봉지（三包）
- 네 봉지（四包）
- 다섯 봉지（五包）
- 여섯 봉지（六包）
- 일곱 봉지（七包）
- 여덟 봉지（八包）
- 아홉 봉지（九包）
- 열 봉지（十包）

17 뜨거운 걸로 주세요 .

唸法 tteu-geo-un geol-lo ju-se-yo

我要熱的。

這裡的「뜨거운 걸로」是指「燙的、熱的」，點飲品的時候也會使用「뜨거운 걸로 주세요 . 我要熱的。」如果要「不燙的」，在句子的最前面加一個否定「안 不」：「안 뜨거운 걸로 주세요 . 我要不燙的。」

18 반반씩 선택해도 돼요 ?

唸法 ban-ban-ssik seon-tae-kae-do dwae-yo

可以選各半嗎？

先前在外送炸雞的章節有學過關於「半半炸雞」的句子。在此句的「반반씩 各半」可以是口味上的各半，也可能是菜色上的各半，如果覺得句子太長，請把句子縮短為「반반씩 돼요 ?」。

한증막 汗蒸幕

　　累了一整天，建議到汗蒸幕休息放鬆！走在街道上看到「한증막 汗蒸幕」、「사우나 三溫暖」、「불가마 火窯」、「찜질방 熱敷房」等幾種不同說法的招牌，實際的應用上不會區分得太細，都可以理解為可以休息放鬆的「汗蒸幕」。硬要區分的話，「사우나」是指有蒸氣的蒸氣房；「불가마」指非常高溫的蒸氣房；「찜질방」為可以洗澡又可以睡覺休息的地方。汗蒸幕的正確使用步驟為：步驟一、沖澡；步驟二、汗蒸 (約 5-6 分鐘)；步驟三、休息；步驟四、回到步驟二重複 3-5 次；步驟五、洗澡。

❶ 요금이 어떻게 돼요？

唸法 yo-geu-mi eo-tteo-ke dwae-yo

費用是多少？

　　每個汗蒸幕收費方式不同，有些地方要先付款，有些地方在離開時付款。要先付款的地方會標示「선불 先付款」在價目表上，若不清楚，可以直接詢問「선불이에요？是先付款嗎？」。

 價目表上寫了什麼？

요금표（價目表）

성인 (成人)	어린이 (孩童)	시간 (時間)
10,000 원 (元)	7,000 원 (元)	24

◎ ＿＿ 세 미만 무료 (未滿 ＿＿ 歲免費)

이용 안내（使用須知）

◎ 찜질복 포함 (包含汗蒸幕衣服)
◎ 이용시간 (使用時間): 주간 / 낮 (白天)＿＿＿＿~＿＿＿＿
　 야간 (夜間)＿＿＿＿~＿＿＿＿＿
◎ 한증막 이용 제한자 : 고혈압 환자 , 음주자 , 임산부 , 기타
　 (限制使用汗蒸幕人士：高血壓，飲酒者，孕婦，其他)

❷ 찜질복도 포함됐어요？

唸法 jjim-jil-bok-do po-ham-dwae-sseo-yo

有包含汗蒸幕衣服嗎？

　　進到汗蒸幕，每個人都要換上「찜질복 汗蒸幕衣服」。通常費用裡有包含「찜질복」，只是有些地方還是會收額外費用的，這時候我們要問清楚「찜질복 포함해서 얼마예요？包含汗蒸幕衣服是多少？」。這種沒包含在費用裡的情況下，價目表上會寫著「찜질복 별도 汗蒸幕衣服收額外費用」。

❸ 타투한 사람도 이용 가능해요？

唸法 ta-tu-han sa-ram-do i-yong ga-neung-hae-yo

刺青的人可以使用嗎？

　　不少人擔心身上若有刺青，是不是不能進汗蒸幕？這比較不用擔心，因為不接受刺青人士的汗蒸幕非常少，但是還是有部分的汗蒸幕 (或洗澡堂) 是不接受刺青的客人。想要表達刺青的大小，可以説「타투 작은 거밖에 없어요 . 我只有小的刺青。」、「작지 않은데요 . 刺青不小。」、「타투 안 했는데요 . 我沒有刺青。」

❹ 탈의실이 어디예요 ?

唸法 ta-rui-si-ri eo-di-e-yo

更衣間在哪裡 ?

「탈의실」指「更衣間」。

 可能會回答為……

❶ 계단으로 올라가세요 (내려가세요).
請走樓梯上去 (下去)。

❷ 엘레베이터로 올라가세요 (내려가세요).
請搭電梯上去 (下去)。

❸ 위층으로 올라가세요 . 請往樓上。

❹ 아래층으로 내려가세요 . 請往樓下。

❺ 왼쪽으로 가세요 . 走左邊。

❻ 오른쪽으로 가세요 . 走右邊。

5 사물함 바꿔도 돼요 ?

唸法 sa-mul-ham ba-kkwo-do dwae-yo

可以換置物櫃嗎 ?

「置物櫃」有兩種常見的説法：「사물함」和「라커」。通常置物櫃的奇數是在上面，偶數是在下面！所以在汗蒸幕會看到當地的常客要求自己偏好的置物櫃。

 補充句子

❶ 사물함이 안 잠겨요 . 沒辦法鎖置物櫃。

❷ 사물함이 더러워요 . 置物櫃太髒了。

❸ 사물함에 쓰레기가 있어요 . 置物櫃裡有垃圾。

❹ 사물함이 너무 높아요 . 置物櫃太高了。

6 옷 다른 걸로 바꿔 주세요 .

唸法 ot da-reun geol-lo ba-kkwo ju-se-yo

我要換其他件 (汗蒸幕衣服)。

汗蒸幕的衣服若太大或有破洞等問題時，要如何使用韓文表達呢？首先，「請幫我換新的。」的韓文為「새 걸로 바꿔 주세요 .」。如果要表達衣服太大或太小的時候，可以説「옷이 커요 . 衣服大。」、「옷이 작아요 . 衣服小。」

補充句子

❶ 옷에 구멍 났어요 . 衣服破洞了。

❷ 옷이 더러워요 . 衣服髒。

❸ 사이즈가 안 맞아요 . 尺寸不合。

❹ 큰 사이즈로 주세요 . 我要大一點的尺寸。

❺ 작은 사이즈로 주세요 . 我要小一點的尺寸。

❼ 수건 못 받았어요 .

唸法 su-geon mot ba-da-sseo-yo

我沒有拿到毛巾。

「수건」指「毛巾」。除了毛巾外，沒有拿到「라커 키 置物櫃鑰匙」或「찜질복 汗蒸幕衣服」的時候也可以使用「못 받았어요 . 我沒有拿到。」

❽ 여성 전용 수면실 있어요？

(唸法) yeo-seong jeo-nyong su-myeon-sil i-sseo-yo

有女性專用睡眠區嗎？

在汗蒸幕想要睡覺休息就到「수면실 睡眠室」，如果怕使用男女共用的睡眠區，找女性專用區睡眠即可。「여성전용」為「女性專用」；「남성전용」為「男性專用」；「공용」為「共用」之意。

❾ 시간 추가하고 싶어요．

(唸法) si-gan chu-ga-ha-go si-peo-yo

我想加時間。

　　有些地方是用次數來算 (收一次的費用，不限制時間)，有些地方是用時數來算。若是用時數計算，12 小時、15 小時為單位都有可能，超時收費方式也要先問清楚，想要加時數的人可以先告知一聲。

10 때밀고 싶어요 .

🔊 **唸法** ttae-mil-go si-peo-yo

我要搓澡。

　　汗蒸幕最大的魅力之一，就是有專門幫忙搓澡的人，他們都很專業！想要體驗韓國的搓澡文化嗎？請記得，這是要付費用的！

補充句子

❶ 살살 밀어 주세요 . 請小力一點。

❷ 더 세게 밀어 주세요 . 再大力一點。

❸ 좀 아파요 . 有點痛。

❹ 거긴 됐어요 . 那邊就不要搓了。

11 때밀이 수건 사고 싶어요 .

🔊 **唸法** ttae-mi-ri su-geon sa-go si-peo-yo

我想買搓澡巾。

　　如果不敢給別人搓澡，那麼，建議買個「때밀이수건 搓澡巾」自己搓搓角質！搓澡巾在一般超市或市場都買得到，最傳統的款式是綠色搓澡巾上面有黑色條紋，不過近幾年出了各種可愛的款式，它也是個不錯的伴手禮。

12 식혜 한 잔 주세요 .

唸法 si-kye han jan ju-se-yo

我要一杯甜米釀。

「식혜 甜米釀」是韓國傳統飲品，味道很甜，裡面有飯粒。

汗蒸幕裡面賣什麼？

汗蒸幕裡都會有販賣部，是邊喝東西邊休息的地方，如果肚子餓了，還可以點餐點。在這裡一定要點雞蛋和甜米釀，這裡說的雞蛋不是一般水煮蛋，是「맥반석 계란 麥飯石雞蛋」，它並不是用水煮，而是用蒸氣去蒸的，所以吃起來的口感也會不一樣；「맥반석 계란 麥飯石雞蛋」和「식혜 甜米釀」就是汗蒸幕最具有代表性的食物！

13 칫솔 하나 주세요 .

唸法 chit-sol ha-na ju-se-yo

我要一個牙刷。

　　「칫솔」指「牙刷」。這裡的量詞使用「개 個」(한 개 一個) 即可，只是在口語中量詞常常被省略，所以在此句中的量詞也被省略了。

單字

- 치약　牙膏
- 샴푸　洗髮精
- 바디워시　沐浴乳
- 면도기　刮鬍刀

14 이거 무료 시설이에요 ?

唸法 i-geo mu-ryo si-seo-ri-e-yo

這是免費使用的設施嗎？

　　在汗蒸幕裡可能會有的設備及設施為「안마기 按摩機器」、「피트니스 센터 健身中心」、「수영장 游泳池」、「북 카페 書店咖啡廳」、「매점 食堂」。不一定都是「무료 시설 免費設施」，有些設施是「유료 시설 付費設施」，所以會收額外費用的。

술집 酒吧

　　很多韓國人愛喝酒，尤其是到了禮拜五的晚上，弘大或梨泰院等地方全部都是人潮，這時候在韓國街道上會發現傳單被丟的亂七八糟，路上喝醉的人也不少。韓國酒吧裡賣的酒和下酒菜都很有特色，喜歡喝酒的人可以安排在韓國酒吧體驗韓國人的飲酒生活喔！

韓國人喝什麼酒？

　　先從大多數人知道的「소주 燒酒」開始說吧！知名的燒酒牌子為「처음처럼」、「참이슬」、「좋은데이」、「진로」……；很多外國人說韓國的「맥주 啤酒」味道比較淡，知名的啤酒牌子為「카스」、「하이트」、「테라」……。除了燒酒和啤酒外，還有「막걸리 米酒」，它帶有甜味。女生喜歡喝的酒為「복분자주 覆盆莓酒」、「매실주 梅子酒」，適合喜歡喝甜酒的人士。

❶ 여권 안 가지고 왔는데요 .

唸法 yeo-gwon an ga-ji-go wan-neun-de-yo

我沒有帶護照。

　　在酒吧門口服務員會先檢查身分證件，身上沒有帶護照的旅客就回覆「여권 안 가지고 왔는데요 . 我沒有帶護照。」

補充句子

❶ 신분증 좀 확인하겠습니다 .　我要確認您的證件。

❷ 몇 년생이세요 ?　請問幾年生 ?（請問幾年次 ?）

❸ 나이가 어떻게 되세요 ?　請問幾歲了 ?

❹ 무슨 띠세요 ?　請問屬什麼相 ?

❷ 91 년생이에요 .

唸法 gu-si-bil-lyeon-saeng-i-e-yo

我是西元 1991 年生。

　　韓國是使用西元，所以在回答時說西元年份即可，例如：1991 年 →「천구백구십일 년」、1989 年→「천구백팔십구 년」，這時候「一千」的「一」不能說出來喔。

❸ 저 성인인데요 .

唸法 jeo seong-i-nin-de-yo

我已經成年了。

　　說具體年齡的韓文說法為「＿＿＿＿ 살 歲」前面加純韓文數字，在使用上有一項要注意，「하나 一」「둘 二」「셋 三」「넷 四」「스물 二十」的後面接量詞（包含歲數）的時候，要改成「한」「두」「세」「네」「스무」，也就是說「二十歲」的韓文為「스무 살」，而不是「스물 살」。

純韓文數字

- 하나 1
- 둘 2
- 셋 3
- 넷 4
- 다섯 5
- 여섯 6
- 일곱 7
- 여덟 8
- 아홉 9
- 열 10

- 열하나 11
- 열둘 12
- 열셋 13
- 열넷 14
- 열다섯 15
- 열여섯 16
- 열일곱 17
- 열여덟 18
- 열아홉 19
- 스물 20

- 서른 30
- 마흔 40
- 쉰 50
- 예순 60
- 일흔 70
- 여든 80
- 아흔 90
- 백 100

韓國算年齡的不同方式

　　韓國有三種計算年齡的方式。最普遍的方式為：一出生的那一年就算一歲，例如，12 月 31 日出生的人，過一天後的 1 月 1 日就變成兩歲了！在新的一年，不管生日有沒有到，每個韓國人都會一起長一歲。這一個算法是韓國目前採用的，也就是中文裡說的虛歲。另一種方法是國際性的方法，生日當天多一歲，也就是中文裡說的足歲，但是這種年齡的算法，在韓國不太常用。所以在韓國，說的年齡基本上是虛歲。

4 양띠예요.

唸法 yang-tti-ye-yo

我屬羊。

　　除了說年齡和出生年份外，還有一種確認年紀的方法是詢問十二生肖，疑問句為：「무슨 띠세요？請問屬什麼？」。

 十二生肖

- 쥐 (띠) (屬) 鼠
- 소 (띠) (屬) 牛
- 호랑이 (띠) (屬) 虎
- 토끼 (띠) (屬) 兔
- 용 (띠) (屬) 龍
- 뱀 (띠) (屬) 蛇
- 말 (띠) (屬) 馬
- 양 (띠) (屬) 羊
- 호랑이 (띠) (屬) 猴
- 닭 (띠) (屬) 雞
- 개 (띠) (屬) 狗
- 돼지 (띠) (屬) 豬

❺ 합석해도 될까요?

唸法 hap-seo-kae-do doel-kka-yo

可以併桌嗎？

　　這裡指的併桌指同席，一起喝酒。在韓國酒吧，同席這件事情很常見，適合想要和韓國人聊聊天的人。在這裡要注意的地方是，有時候喝到一半併桌，就算是和對方併桌前的帳單也會合併在一起的，所以結帳時要仔細看一下明細。另外，不想併桌的人直接回覆「아니요, 괜찮습니다. 不，沒關係。」即可。

❻ 소파 자리로 바꿔도 될까요?

唸法 so-pa ja-ri-ro ba-kkwo-do doel-kka-yo

可以換沙發區嗎?

想要換到其他座位的時候問「자리 바꿔도 될까요? 可以換位子嗎?」;想要換到特定位子的人,可以問「저쪽으로 자리 바꿔도 될까요? 我可以換到那邊的位子嗎?」。

❼ 흡연구역이 어디예요?

唸法 heu-byeon gu-yeo-gi eo-di-ye-yo

吸菸區在哪裡?

我們要看懂兩個標示牌:「흡연구역 吸菸區」和「흡연 금지 禁止吸菸」。

❽ 여기에서 담배 피워도 돼요 ?

唸法 yeo-gi-e-seo dam-bae pi-wo-do dwae-yo

這裡可以吸菸嗎 ?

如果牆壁上有貼「금연구역」，代表是禁菸區。如果沒有貼任何標語，可以先問問看「여기에서 담배 피워도 돼요 ? 這裡可以吸菸嗎 ?」。

❾ 무슨 안주가 맛있어요 ?

唸法 mu-seun an-ju-ga ma-si-sseo-yo

什麼下酒菜好吃 ?

「안주」為「下酒菜」。值得嘗試的下酒菜為「화채」，「화채」是在西瓜加冰塊、汽水、牛奶、水果等食材製作成的消暑點心，適合喜歡甜食的人 ;「콘치즈 玉米起司」是不可缺少的下酒菜，在烤肉店也常見 ;「골뱅이무침 辣拌海螺」、「쥐포 壓制魚肉」、「두부 김치 豆腐炒泡菜」都是人氣下酒菜。

10 기본 안주 좀 더 주세요 .

唸法 gi-bon an-j u jom deo ju-se-yo

再給我一點零嘴。

「안주」指下酒菜，但是「기본 안주 基本下酒菜」通常指的是酒
吧免費提供的零嘴，我們會看到以下幾種「기본 안주」:「굴뚝과자 長
得像煙囪的餅乾」、「건빵
壓縮餅乾」、「강냉이 炸玉
米餅乾」、「땅콩 花生」。

11 도수 낮은 걸로 추천해 주세요.

唸法 do-su na-jeun geol-lo chu-cheon-hae ju-se-yo

請幫我推薦酒精濃度低的酒。

原味燒酒的酒精濃度約 17 度左右，水果口味的燒酒度數會比較低；韓國米酒「막걸리 瑪格麗酒」的酒精濃度約 4 度左右。如果要點米酒，一定要搭配煎餅，因為米酒配煎餅如同炸雞配啤酒一樣很搭！

12 술 무제한이에요？

唸法 sul mu-je-ha-ni-e-yo

這是喝到飽嗎？

在餐單上看到「무제한」、「무한리필」，就是「喝到飽」或「吃到飽」的意思，例如：「맥주 무제한 啤酒喝到飽」、「칵테일 무제한 雞尾酒喝到飽」。

13 피쳐로 주세요 .

唸法 pi-chyeo-ro ju-se-yo

我要點一壺。

如果要點啤酒，可以點「피쳐 壺」，一壺的容量通常是 1700cc-1750cc 左右。

14 얼음 좀 가져다 주세요 .

唸法 eo-reum jom ga-jyeo-da ju-se-yo

幫我拿一點冰塊。

「얼음」指「冰塊」。更簡單的句子為「얼음 주세요 . 請給我冰塊。」，「주세요 . 請給我……。」可以搭配在任何句子裡，非常實用！

15 생맥주 있어요？

唸法 saeng-maek-ju i-sseo-yo

有生啤酒嗎？

　　以下為與「맥주 啤酒」相關的單字：「생맥주 生啤酒」、「병맥주 玻璃瓶啤酒」、「캔맥주 鋁罐啤酒」。

國際品牌啤酒的韓文名稱

　　在全世界受歡迎的啤酒品牌，韓文怎麼說呢？以下為在韓國常見的啤酒品牌名稱：

- 버드와이저 百威
- 기네스 健力士
- 코로나 可樂娜
- 기린 麒麟
- 하이네켄 海尼根
- 호가든 比利時豪格登
- 아사히 朝日
- 칭따오 青島

16 무알코올 칵테일 있어요？

唸法 mu-al-ko-ol kak-te-il i-sseo-yo

有無酒精雞尾酒嗎？

「무알코올」為「無酒精」的意思，一般韓國酒吧會寫「무알콜」(正確的韓文寫法為「무알코올」)。除了雞尾酒，還可以套用「무알코올 맥주 無酒精啤酒」、「무알코올 샴페인 無酒精香檳」等等。

17 폭탄주 뭘로 제조했어요？

唸法 pok-tan-ju mwol-lo je-jo-hae-sseo-yo

炸彈酒裡面有什麼？

在韓國的酒吧，可以點使用燒酒和啤酒及各種飲料製作成的獨特「폭탄주 炸彈酒」。有些店家推出自製的炸彈酒，想要知道如何製作、基底是什麼，就使用這一句「폭탄주 뭘로 제조했어요？炸彈酒裡面有什麼？」。

炸彈酒

　　炸彈酒的做法多樣，取名也很有趣，調配出屬於自己的
各種炸彈酒是喝酒的樂趣之一。

我來介紹一個除了最基本的「소맥 燒啤 (燒酒加啤酒)」以外的
炸彈酒吧！最受歡迎的應該是「고진감래주 苦盡甘來酒」，它
是用燒酒、啤酒、可樂調配的炸彈酒。因為第一口會先喝到苦
苦的燒酒，最後喝到甜甜的可樂，所以才會取名為苦盡甘來酒！

18 이거 어떻게 마셔요 ?

唸法 i-geo eo-tteo-ke ma-syeo-yo?

這要怎麼喝？

　　有些炸彈酒，不僅味道特別，連喝法也很有趣。如果點了較特別
的炸彈酒，建議先問「이거 어떻게 마셔요 ? 這要怎麼喝 ?」，了解正確
的喝法。

19 베이스는 다른 걸로 바꿔도 돼요？

唸法 be-i-seu-neun da-reun geol-lo ba-kkwo-do dwae-yo

裡面的基底可以換成其他酒嗎？

　　來看看常見的幾種「베이스 基底」韓文怎麼説：「진 琴酒」、「럼 蘭姆酒」、「보드카 伏特加」、「위스키 威士忌」、「데킬라 龍舌蘭酒」。

20 소주잔 주세요 .

唸法 so-ju-jan ju-se-yo

我要拿一口杯。

　　「소주잔」指「燒酒杯」。韓國有很多喝酒的時候玩的遊戲，例如：在倒滿啤酒的啤酒杯裡放空的燒酒杯，每人輪流把一點的燒酒倒到燒酒杯去，如果燒酒杯沉下去了，那麼就要罰酒。

21 컵에 뭐 묻었어요．

唸法 keo-be mwo mu-deo-sseo-yo

杯子上有髒東西。

若發現玻璃杯沒有洗乾淨，想換新的杯子時除了「새 컵 주세요．請給我新的杯子。」外，可以説「컵에 뭐 묻었어요．杯子上有髒東西。」

22 보드게임 무료예요？

唸法 bo-deu-ge-im mu-ryo-ye-yo

玩桌遊免費嗎？

「보드게임」為「board game」的外來語，就是指「桌遊」。

人氣桌遊的韓文名稱

在韓國有人氣的桌遊有哪些呢？基本上都是英文外來語，那麼我們來學學看它的韓文吧！

* 할리갈리 德國心臟病
* 루미큐브 拉密數字牌
* 젠가 疊疊樂
* 부루마불 大富翁

23 가스 떨어졌어요．

唸法 ga-seu tteo-reo-jyeo-sseo-yo

沒有瓦斯了。

到底酒吧為什麼需要瓦斯呢？那是因為下酒菜當中，有些是需要加熱後享用的，像是各種湯類。而且韓國的酒吧和一般的餐廳沒有太大的差別，所以沒有吃晚餐的人會在酒吧邊吃邊喝，這就是韓國酒吧的特色。

DAY 4 音檔雲端連結

因各家手機系統不同 ，若無法直接掃描，
仍可以至以下電腦雲端連結下載收聽。
（https://tinyurl.com/bdtx6zxk）

커피숍 咖啡廳

　　到韓國一定發現路上有很多咖啡廳,而且咖啡廳比超商還要多。韓國人很愛喝咖啡,韓國人喝的通常是冰美式咖啡,就算是下雪的冬天手上都會有一杯冰美式,所以韓文有一句話叫做「就算冷死也要冰美式」!在捷運月台也會看到賣冰美式的小店。

❶ 아이스아메리카노 한 잔 주세요 .

唸法 a-i-seu a-me-ri-ka-no han jan ju-se-yo

請給我一杯冰美式。

在飲品前面加「아이스 冰 (外來語 Ice)」就會變成冰品。

在咖啡廳常見的飲品名稱

- 에스프레소 濃縮咖啡
- 카페라떼 拿鐵
- 모카라떼 摩卡拿鐵
- 녹차라떼 抹茶拿鐵
- 바닐라라떼 香草拿鐵
- 카라멜 마끼아또 焦糖瑪奇朵
- 핫초코 熱可可
- 복숭아 아이스티 水蜜桃冰茶
- 레몬 아이스티 檸檬冰茶
- 레몬에이드 檸檬氣泡飲

純韓文數字＋杯

- 한 잔 (一杯)
- 두 잔 (兩杯)
- 세 잔 (三杯)
- 네 잔 (四杯)
- 다섯 잔 (五杯)
- 여섯 잔 (六杯)
- 일곱 잔 (七杯)
- 여덟 잔 (八杯)
- 아홉 잔 (九杯)
- 열 잔 (十杯)

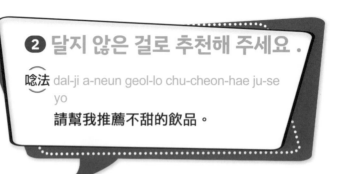

❷ 달지 않은 걸로 추천해 주세요 .

唸法 dal-ji a-neun geol-lo chu-cheon-hae ju-se yo

請幫我推薦不甜的飲品。

　　在韓國點飲料無法調整甜度，所以普遍來說味道都偏甜。怕喝太甜的人，請店員推薦不甜的飲品「달지 않은 걸로 추천해 주세요 . 請幫我推薦不甜的飲品。」，喜歡喝甜的人改用「단 걸로 추천해 주세요 . 請幫我推薦甜的飲品。」的句子。

❸ 사이즈는 뭐 있어요 ?

唸法 sa-i-jeu-neun mwo i-sseo-yo

有哪些大小？

　　每一間咖啡廳的大小說法可能不太一樣，不想搞得麻煩的話請使用「＿＿＿ 사이즈로 주세요 . 我要 ＿＿＿ 大小。」句型，直接說「큰 사이즈로 주세요 . 我要大杯。」、「중간 사이즈로 주세요 . 我要中杯。」、「작은 사이즈로 주세요 . 我要小杯。」

❹ 따뜻한 걸로 주세요 .

唸法 tta-tteu-tan geol-lo ju-se-yo

我要熱的。

飲品上若不加「아이스 冰 (外來語 ice)」通常就會直接把它理解為是熱飲，所以點冰品時請記得要加「아이스」，例如：「아이스 아메리카노 冰美式咖啡」→「아메리카노 熱美式咖啡」「아이스 카페라떼 冰拿鐵」→「카페라떼 熱拿鐵」如果要明確的表示是熱飲，可以加「따뜻한」三個字變成「따뜻한 아메리카노」或者「따뜻한 걸로 주세요 . 我要熱的。」「차가운 걸로 / 시원할 걸로 주세요 . 我要冰的。」

❺ 휘핑크림 추가요 .

唸法 hwi-ping-keu-rim chu-ga-yo

我要加鮮奶油。

要加鮮奶油或付費的風味糖漿的時候，使用「____ 추가요 . 我要加 ____ 。」句型就可以了，又簡單又實用。

單字

- 카라멜 시럽 焦糖風味糖漿
- 바닐라 시럽 香草風味糖漿
- 헤이즐넛 시럽 榛果風味糖漿
- 시나몬 가루 肉桂粉

6 휘핑크림 빼 주세요 .

唸法 hwi-ping-keu-rim ppae ju-se-yo

請不要加鮮奶油。

　　不想加鮮奶油的時候，使用「＿＿＿＿＿ 빼 주세요 . 我不要 ＿＿＿＿。」
的句型完成對話。但是去冰的部分會比較困難，因為很少有飲料店會幫
我們去冰，不過還是可以試著說說看「얼음 빼 주세요 . 請幫我去冰。」、
「얼음 조금만 넣어 주세요 . 我只要一點點的冰塊。」

⑦ 휘핑크림 빼 달라고 했는데요

唸法 hwi-ping-keu-rim ppae dal-la-go haen-neun-de-yo

我說過不要鮮奶油。

使用的句型為「_____ 빼 달라고 했는데요 . 我說過要去 _____ / 不要加 _____ 。」，可以把任何名詞帶進來應用，例如：「얼음 빼 달라고 했는데요 . 我說過要去冰。」、「시럽 빼 달라고 했는데요 . 我說過不要加糖漿。」

⑧ 지금 주문 바꿀 수 있어요 ?

唸法 ji-geum ju-mun ba-kkul su i-sseo-yo

現在來得及換其他餐點嗎 ?

想要改其他餐點的時候使用「지금 주문 바꿀 수 있어요 ? 現在來得及換其他餐點嗎 ?」，如果是想詢問是否可以取消餐點，請使用「취소돼요 ? 可以取消嗎 ?」。

❾ 마시고 갈 거예요 .

唸法 ma-si-go gal geo-ye-yo

我要內用。

　　在韓文裡，同樣的句子會隨著語調來區分是疑問句還是直述句。但是現在要看的「您要內用嗎？」和「我要內用。」的說法會稍微不同，若是疑問句，店員會用敬語詢問：「드시고 가세요？您要內用嗎？」，客人要回答時：「마시고 갈 거예요 . 我要內用。」此句的相反句為：「가져갈 거예요 . 我要帶走。」或「테이크아웃이요 . 我要外帶。」

❿ 빨대는 필요 없어요 .

唸法 ppal-dae-neun pi-ryo eop-sseo-yo

我不需要吸管。

「吸管」的韓文為「빨대」。另外，「杯套」的韓文為「컵홀더」。如果不需要則說「필요 없어요 .」，需要時說「주세요 . 請給我。」或「필요해요 . 我需要。」

11 테이크아웃 컵으로 주세요 .

唸法 te-i-keu-a-ut keo-beu-ro ju-se-yo

我要用外帶杯。

因環保政策，在店內無法使用外帶杯的情況下店員會回覆「매장에서는 테이크아웃 컵 사용이 안 됩니다 . 店內無法使用外帶杯。」另外，「馬克杯」的韓文為「머그잔」，店員也有可能會説「머그잔으로 드릴게요 . 我會用馬克杯裝給您。」

12 지금 브런치 주문 가능해요 ?

唸法 ji-geum beu-reon-chi ju-mun ga-neung-hae-yo

現在可以點早午餐嗎？

在菜單裡若看到「브런치 주문 가능 시간」，意思為早午餐供應時間。此外，「輕食、簡餐」的韓文為「경양식」。

13 같은 걸로 주세요 .

唸法 ga-teun geol-lo ju-se-yo

我也要點一樣的。

可以使用代名詞「이거 這個」或「저거 那個」來應用這一句:「이거하고 같은 걸로 주세요 . 我也要點和這個一樣的。」

14 디카페인 커피 있어요 ?

唸法 di-ka-pe-in keo-pi i-sseo-yo

有無咖啡因的咖啡嗎?

「디카페인」指「無咖啡因」。還可以使用「카페인 咖啡因」應用各種不同句子,請看補充句子的部分。

補充句子

❶ 카페인 낮은 거 있어요 ? 有咖啡因含量低的飲品嗎 ?

❷ 카페인 낮은 차 있어요 ? 有咖啡因含量低的茶嗎 ?

❸ 카페인 낮은 걸로 주세요 . 我要咖啡因含量低的飲品。

❹ 카페인 함량 높아요 ? 這個咖啡因含量高嗎 ?

---

⑮ 여기 대표 메뉴가 뭐예요 ?

唸法 yeo-gi dae-pyo me-nyu-ga mwo-ye-yo

這裡的招牌是什麼 ?

　　「대표 메뉴」指「代表菜色」。在咖啡廳或一般的餐廳都可以使用，其他的表達方式為：「인기 있는 메뉴가 뭐예요 ? 這裡的人氣餐點是什麼 ?」、「잘 나가는 메뉴가 뭐예요 ? 賣得好的餐點是什麼 ?」。

16 지금 빙수 돼요 ?

唸法 ji-geum bing-su dwae-yo

現在還有刨冰嗎？

韓國的刨冰重視美觀，但這不代表味道不好。在咖啡廳賣的刨冰通常是夏天限定餐點，如果在菜單上看到「여름한정」，那就指「夏天限定」；「겨울한정」指「冬天限定」。

17 테이크아웃으로 바꿀게요 .

唸法 te-i-keu-a-u-seu-ro ba-kkul-ge-yo

我要改成外帶。

突然想要改外帶的時候可以説「테이크아웃으로 바꿀게요 . 我要改成外帶。」；相反的句子為「마시고 갈게요 . 我要改成內用 (我要在這裡喝)。」

18 포인트 적립해 주세요 .

唸法 po-in-teu jeong-ni-pae ju-se-yo

我要集點。

除了先提出要集點，在結帳時店員會先問「포인트 카드 있으세요 ? 有集點卡嗎 ? 」，如果有集點卡，請回覆「네 . 」，沒有就回答「아니 요 . 」。

 服 務 人 員 可 能 會 説……

❶ 여기서 드시고 가세요 ? 請問在這裡喝嗎 ?

❷ 가져가세요 ? 請問外帶嗎 ?

❸ 뜨거운 걸로 드릴까요 ? 要熱的嗎 ?

❹ 차가운 걸로 드릴까요 ? 要冰的嗎 ?

❺ 사이즈는 어떤 걸로 드릴까요 ? 要哪一個大小 ?

❻ 휘핑크림 괜찮으세요 ? 加鮮奶油可以嗎 ?

❼ 다른 건 필요 없으세요 ? 還需要其他的嗎 ?

❽ 주문 확인하겠습니다 . 跟您確認一下餐點。

❾ 준비되면 가져다 드리겠습니다 . 餐點好了會幫您送上。

❿ 주문하신 메뉴 나왔습니다 . 您點的餐點好了。

⓫ 뜨거우니까 조심하세요 . 請小心燙。

情境式對話

점원 (店員) : 어서 오세요 . 歡迎光臨。
　　　　　주문하시겠어요 ?　請問要點餐嗎？

손님 (客人) : 카페라떼 한 잔 주세요 .　請給我一杯拿鐵。

점원 : 여기서 드시고 가세요 ?　請問在這裡喝嗎？

손님 : 아니요 . 테이크아웃이요 .　不，我要外帶。

점원 : 다른 건 필요 없으세요 ?　還需要其他的嗎？

손님 : 그리고 핫초코 한 잔 주세요 .　然後，再給我一杯熱可可。

점원 : 휘핑크림 괜찮으세요 ?　加鮮奶油可以嗎？

손님 : 휘핑크림은 빼 주세요 .　我不要鮮奶油。

점원 : 네 . 주문 확인하겠습니다 .　好的，跟您確認一下餐點。
　　　카페라떼 한 잔하고 핫초코 한 잔 , 맞으세요 ?
　　　一杯拿鐵和熱可可，對嗎？

손님 : 네 . 맞아요 .　對，沒錯。

공항철도 타기 搭機場捷運

到仁川機場的機場捷運有兩種，一種是「직통열차直達列車」，另一種是「일반열차普通列車」。「直達列車」的優點是實行對號入座、提供機場捷運直達列車乘客專用休息室等等，與「普通列車」的搭乘時間差大約 10 分鐘。另外，「直達列車」只能從「首爾站」搭乘，而「普通列車」不一定從「首爾站」搭乘，因為它有中途停靠站。

❶ 공항철도 안내센터에 어떻게 가요?

唸法 gong-hang-cheol-do an-nae-sen-teo-e eo-tteo-ke ga-yo

我要怎麼去機場捷運售票處？

「안내센터」指「服務中心」。首先，要在首爾車站前往機場捷運乘車處 (城市航站樓)，接著到地下二樓就會抵達售票處了。可以再學一句「지하로 어떻게 내려가요？我要怎麼往地下樓層？」，「지하」指「地下」，樓層使用漢字音數字，例如：「지하 일 층 地下 1 樓」。

❷ 에스컬레이터가 어디에 있어요？

唸法 e-seu-keol-le-i-teo-ga eo-di-e i-sseo-yo

手扶梯在哪裡？

在首爾車站大廳到售票處必須搭「에스컬레이터 手扶梯」下樓至地下喔！

❸ 표 사는 곳이 어디예요 ?

唸法 pyo sa-neun go-si eo-di-ye-yo

車票購買處在哪裡 ?

「售票處」的韓文除了「표 사는 곳」，還有「매표소 (賣票所)」。
凡是詢問「＿＿＿ 在哪裡 ?」，都可以套用「＿＿＿＿ (이 / 가) 어디예요 ?」
句型。

❹ 표 사는 것 좀 도와주세요 .

唸法 pyo sa-neun geot jom do-wa-ju-se-yo

可以幫我購票嗎 ?

「도와주세요 .」為「請幫我。」購買列車票不一定透過服務台，也是可以從「자동발매기 自動販售機」購買，操作自動販售機的方法並不難，簡單的輸入「열차 선택 選擇列車搭乘時間」、「인원 선택 選擇人數」、「목적지 선택 選擇目的地」就完成了！因直達列車是對號入座，購票後請在收據裡確認自己的「좌석 번호 座位」。

❺ 표를 잘못 샀어요 .

唸法 pyo-reul jal-mot sa-sseo-yo

我買錯票了。

「잘못」指「錯誤」。除了「표를 잘못 샀어요 . 我買錯票了。」之外，還可以應用為「잘못 눌렀어요 . 按錯 (選項) 了。」，購買票時如果有按錯選項的情形，可以用這一句反應喔！

❻ 표 환불 가능해요 ?

唸法 pyo hwan-bul ga-neung-hae-yo

可以退票嗎？

「가능해요 ?」指「可以嗎？」，和先前學過更簡略的句子「돼요 ? 可以嗎？」是一樣的用法，可以互相替換使用：「표 환불 돼요 ? 可以退票嗎？」。

❼ 직통열차 탈 거예요 .

唸法 jik-tong-yeol-cha tal geo-ye-yo

我要搭直達列車。

在服務台購買車票時，要先說「직통열차 탈 거예요 . 我要搭直達列車。」購票時還可以詢問「가장 빠른 시간이 언제예요？最快 (的列車) 是幾點？」，「가장 빠른 열차는 몇 시에 출발해요？最快的列車是幾點出發？」。

❽ 직통열차 표 2 장 주세요 .

唸法 jik-tong-yeol-cha pyo du-jang ju-se-yo

請給我兩張直達列車票。

「請給我 ＿＿＿ 張票。」的句型為「표 ＿＿＿ 장 주세요 .」。另外，想要把時間帶進來的時候：「＿＿＿ 시 표 ＿＿＿ 장 주세요 . 請給我 ＿＿＿ 張 ＿＿＿ 點的票。」

❾ 탑승하는 곳이 어디예요？

唸法 tap-seung-ha-neun go-si eo-di-ye-yo

乘車處在哪裡？

　　直達列車和普通列車的乘車處不同，不管搭哪一個，詢問的句子是一樣的，只要在句子的開頭加上「직통열차 直達列車」和「일반열차 普通列車」就可以了，例如：「직통열차 탑승하는 곳이 어디예요？直達列車乘車處在哪裡？」、「일반열차 탑승하는 곳이 어디예요？普通列車乘車處在哪裡？」。

❿ 사전 탑승 수속하고 싶은데요．

唸法 sa-jeon tap-seung su-so-ka-go si-peun-de-yo

我想要事先辦理登機手續。

　　搭乘直達列車的優點之一，就是可以事先辦理登機手續、出國審查以及託運行李 (依每個航空公司的規定不同)，要先查詢搭乘的航空公司是否提供預先劃位服務。

⑪ 제가 타는 항공사는 사전 체크인 되나요 ?

唸法 je-ga ta-neun hang-gong-sa-neun sa-jeon che-keu-in doe-na-yo

我搭的航空公司可以事先辦理登機手續嗎 ?

　　要先確認搭乘的航空公司是否提供預先辦理託運行李及預先出國審查服務。如果想把航空公司的名稱帶進來詢問，則使用：「＿＿＿＿＿ 타는데 사전 체크인 되나요 ? 我搭 (航空公司)，可以預先劃位嗎 ？」。

체크인 및 짐 부치기
報到手續及託運行李

近年在韓國機場鼓勵旅客多加利用機器「自助報到」及「自助託運行李」，有些時候如果沒有預先透過機器或手機自助報到是不能排隊託運行李的。在自助報到下會遇到什麼問題，我們又要怎麼用韓文反應呢？現在就來一步一步學習吧！

① 셀프 체크인하는 것 좀 도와 주세요 .

唸法 sel-peu che-keu-in-ha-neun geot jom do-wa-ju-se-yo

請協助我自助報到。

「셀프 체크인 自助報到」就是外來語「**self check-in**」；「도와주 세요 . 請協助我、請幫我。」是我們一定要背的句子！在韓國的機場會 看到「스마트 체크인 smart check-in」區域，這區域是旅客自助報到與 自助託運行李的地方。

② 체크인 카운터가 어디예요 ?

唸法 che-keu-in ka-un-teo-ga eo-di-ye-yo

報到櫃台在哪裡？

旅遊會話裡不斷的出現「_____ 이 / 가 어디예요？_____ 在哪裡？」 句型，詢問報到櫃台時一樣派上用場，韓文有很多外來語的單字，「체 크인 카운터 check-in counter」也是外來語。在這一句「체크인 카운터 가 어디예요？報到櫃台在哪裡？」的最前面加上搭乘的航空公司讓句 子變得更完整。

❸ 체크인 카운터는 몇 시에 열려요?

唸法 che-keu-in ka-un-teo-neun myeot si-e yeol-lyeo-yo

報到櫃台是從幾點開始開放？

在先前的章節有學過關於時間的表達，「시 時」要使用純韓文數字，「분 分」要使用漢字音數字。

在機場的電光板上顯示「탑승 수속 시작」代表登機手續開始；「탑승 수속 마감」則代表登機手續已結束。

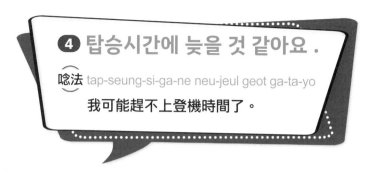

4 탑승시간에 늦을 것 같아요 .

唸法 tap-seung-si-ga-ne neu-jeul geot ga-ta-yo

我可能趕不上登機時間了。

　　如果發生趕不及的狀況，就要記得「늦을 것 같아요 . 我恐怕會遲到。」這句。如果已經確定來不及，則使用「늦었어요 . 我已經來不及了。」尤其是連假期間和休假期會輕易看到排隊時與機場工作人員緊急求救的旅客。

5 사전 체크인했어요 .

唸法 sa-jeon che-keu-in-hae-sseo-yo

我有預辦登機手續。

　　已辦好自助報到的旅客前往託運行李時，地勤人員會先問「사전체크인하셨어요 ? 有辦好登機手續嗎 ?」，辦好的旅客回覆「사전 체크인했어요 . 我有預辦登機手續。」沒有辦裡的旅客則回覆「아니요 .」或「안 했어요 .」。預辦登機手續的方法有：「웹체크인 網路報到」、「모바일체크인 手機報到」、「키오스크 自助服務機」。

❻ 셀프 체크인에서 오류가 떠요 .

唸法 sel-peu che-keu-i-ne-seo o-ryu-ga tteo-yo

自助報到顯示錯誤。

　　以我的經驗，自助報到時出現過不少次的失敗及顯示錯誤。可能是因為機種異動、暫時性的機器故障、需要出示簽證等各種原因，這時候要請工作人員幫忙，或是去排人工報到櫃台，不管選擇哪一個，都得跟工作人員說「오류가 떠요 . 顯示錯誤。」或者是遇到護照無法辨識的情況可以說：「여권 인식이 안 돼요 . 無法辨識護照。」

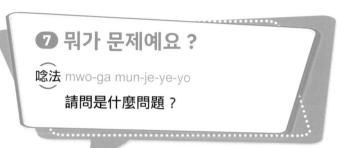

7 뭐가 문제예요？

唸法 mwo-ga mun-je-ye-yo

請問是什麼問題？

在上一句與工作人員反應完後詢問「뭐가 문제예요？請問是什麼問題？」，常見的回覆為：「기종이 변경됐어요. 機種有異動。」「시간이 변경됐어요. 時間有異動。」「오버부킹됐어요. 超賣了。」「신분 확인 좀 하겠습니다. 需要確認您的身份。」

8 부치는 짐 없어요.

唸法 bu-chi-neun jim eop-sseo-yo

我沒有託運的行李。

地勤人員會問「부치시는 짐 없으세요？沒有託運的行李嗎？」，如果沒有，請回答「(부치는 짐) 없어요. 沒有(託運的行李)。」

❾ 탑승권 잃어버렸어요 .

唸法 tap-seung-gwon i-reo-beo-ryeo-sseo-yo

我的登機牌不見了。

　　除了「탑승권 登機牌」，還有「여권 護照」、「신분증 身份證」、「외국인등록증 居留證」都可以帶進來使用。另外，電子機票的韓文為「전자 티켓」，若有攜帶電子機票的旅客可以説：「전자 티켓 가지고 있어요 . 我有電子機票。」

❿ 깨지기 쉬운 물건 있어요 .

唸法 kkae-ji-gi swi-un mul-geon i-sseo-yo

行李箱裡有易碎品。

「깨지기 쉬운 물건」指容易碎掉的物品。與地勤人員説「깨지기 쉬운 물건 있어요 .（行李箱裡）有易碎品。」那麼會幫我們貼 FRAGILE 貼紙，如果想主動提出，請説「파손 주의 스티커 붙여 주세요 . 請幫我貼注意破損貼紙。」

11 이거 기내 반입 돼요？

唸法 i-geo gi-nae ba-nip dwae-yo

這個可以帶上飛機上嗎？

　　不確定是否能帶上飛機的東西，使用「이거 기내 반입 돼요？這個可以帶上飛機上嗎？」來詢問。另外，如果有大型行李需要託運，可以說「대형 수하물 있어요 . 我有大型行李。」

12 위탁수하물은 최대 몇 킬로그램까지 가능해요？

唸法 wi-tak-su-ha-mu-reun choe-dae myeot kil-lo-geu-raem-kka-ji ga-neung-hae-yo

託運行李最多至幾公斤？

　　先來記住「위탁수하물 託運行李」、「휴대 수하물 手提行李」兩個單字。公斤 (킬로그램) 是使用漢字音數字來表達，例如：「23 公斤」的韓文為이십삼 킬로그램，킬로그램中的그램兩個字通常會省略不說。在電光板上可以找「자동 수하물 위탁항공사 自助託運行李航空公司」來確認搭乘的航空公司是否有提供自助託運行李服務，此服務是限定「탑승권 소지자 持有登機牌的旅客」，所以要記得先辦裡登機手續喔！

13 초과 수하물 요금이 어떻게 돼요 ?

唸法 cho-gwa su-ha-mul yo-geu-mi eo-tteo-ke dwae-yo

超重行李怎麼收費？

「어떻게 돼요 ?」在疑問句裡很常出現，詢問某件事情時使用的禮貌句型。回答句為：「1kg(킬로그램) 에 ＿＿＿ 원이에요 . 一公斤 ＿＿＿ 元。」

14 좌석 업그레이드 돼요 ?

唸法 jwa-seok eop-geu-re-i-deu dwae-yo

可以升艙位嗎？

「좌석 업그레이드」指升等艙位。想要使用哩程升等，在最前面加上「마일리지 哩程」後，「마일리지로 좌석 업그레이드 돼요 ? 可以使用哩程升艙位嗎 ?」來詢問即可。不同艙位的說法：「이코노미석 (일반석) 經濟艙」、「비즈니스석 商務艙」、「퍼스트클래스석 (일등석) 頭等艙」。

15 비상구 좌석으로 주세요 .

唸法 bi-sang-gu jwa-seo-geu-ro ju-se-yo

請給我緊急出口的座位。

　　因緊急出口座位比較寬廣，不少人想坐在緊急出口座位，這時候可以說「비상구 좌석으로 주세요 . 請給我緊急出口的座位。」除了緊急出口的座位外，有偏好的位子，都能使用「＿＿ 으로 주세요 . 請給我＿＿ 座位。」此句型提出來，例如：「앞쪽 좌석으로 주세요 . 請給我前面的座位。」、「뒤쪽 좌석으로 주세요 . 請給我後面的座位。」

16 일행이랑 같이 앉고 싶어요 .

唸法 il-haeng-i-rang ga-chi an-go si-peo-yo

我想和同伴坐在一起。

　　其他表達方式有「붙어 있는 좌석으로 주세요 . 我要坐一起的座位。」如果無法安排同坐，地勤人員可能會使用「탑승자가 많아서 ... 因乘客多，所以……」開頭。

17 유료 좌석 구매하고 싶어요 .

唸法 yu-ryo jwa-seok gu-mae-ha-go si-peo-yo

我想買付費座位。

在廉價航空容易看到座位上放「유료 좌석 付費座位」，這種付費座位是靠緊急出口、前排、較寬的位子。如果搭乘的航空公司是有這項服務，可以說「유료 좌석 구매하고 싶어요 . 我想買付費座位。」

18 직항이에요 .

唸法 ji-kang-i-e-yo

我是直飛的。

「직항」為直飛，「경유」為轉機。如果是轉機的旅客，請說「____에서 경유해요 . 我在 ____ 轉機。」

19 창가 좌석 주세요.

唸法 chang-ga jwa-seok ju-se-yo

請給我靠窗座位。

使用的句型為「＿＿＿ 주세요. 請給我 ＿＿＿。」除了「창가 좌석 靠窗座位」外，還有「통로 좌석 靠走道座位」、「중간 좌석 中間座位」可以替換使用。

20 마일리지 적립해 주세요 .

唸法 ma-il-li-ji jeong-ni-pae ju-se-yo

請幫我累積哩程。

這一句在任何需要集點數時都可以使用。韓國有兩大航空公司：「대한항공 大韓航空」、「아시아나항공 韓亞航空」。累積哩程時請注意，大韓航空為「스카이팀 天合聯盟」；韓亞航空為「스타얼라이언스 星空聯盟」。

21 몇 시부터 탑승 가능해요 ?

唸法 myeot si-bu-teo tap-seung ga-neung-hae-yo

幾點開始可以登機？

先前有學過如何用韓文表達時間：「시 時」使用純韓文數字；「분 分」使用漢字音數字。除了「탑승 시간 登機時間」，還要知道「＿＿＿ 분 전 탑승 마감 ＿＿＿分前登機門關閉」。

22 제 2 여객터미널에 어떻게 가요 ?

唸法 je-i-yeo-gaek-teo-mi-neo-re eo-tteo-ke ga-yo

我要怎麼去第二航廈 ?

如果機場有兩個以上的航廈，其韓文為「제 ＿＿＿ 여객터미널 第 ＿＿＿ 航廈」。以仁川國際機場為例，仁川國際機場有第一航廈和第二航廈，航廈間的移動搭乘免費接駁車需要 15 至 20 分鐘的時間。

語研力 **K004**

跟著阿卡老師遊韓國：
走起！超好玩好用的旅遊韓語，帶你隨時出發！

羅馬拼音＋活潑插圖，學習生動有趣，也更有效益！

作　　者	郭修蓉
顧　　問	曾文旭
出版總監	陳逸祺、耿文國
主　　編	陳蕙芳
文字編輯	翁芯珂
封面設計	李依靜
內文排版	李依靜
法律顧問	北辰著作權事務所

印　　製	世和印製企業有限公司
初　　版	2022年07月
出　　版	凱信企業集團-凱信企業管理顧問有限公司
電　　話	（02）2773-6566
傳　　真	（02）2778-1033
地　　址	106 台北市大安區忠孝東路四段218之4號12樓
信　　箱	kaihsinbooks@gmail.com

定　　價	新台幣380元／港幣127元
產品內容	1書

總 經 銷	采舍國際有限公司
地　　址	235新北市中和區中山路二段366巷10號3樓
電　　話	（02）8245-8786
傳　　真	（02）8245-8718

國家圖書館出版品預行編目資料

跟著阿卡老師遊韓國：走起！超好玩好用的旅
遊韓語，帶你隨時出發！/郭修蓉著. -- 初版. --
臺北市：凱信企業集團凱信企業管理顧問有限
公司, 2022.07
　面；　公分
ISBN 978-626-7097-15-1(平裝)

1.CST: 韓語 2.CST: 會話 3.CST: 旅遊

803.288　　　　　　　　　　111006264

凱信企管

用對的方法充實自己，
讓人生變得更美好！

凱信企管

用對的方法充實自己，
讓人生變得更美好！

凱信企管

用對的方法充實自己，
讓人生變得更美好！

凱信企管

用對的方法充實自己，
讓人生變得更美好！